TODOS OS SONHOS DO MUNDO

TODOS OS SONHOS DO MUNDO

VALÉRIA CORRÊA PORTO

2ª EDIÇÃO REVISADA E AMPLIADA

GEORGOIS Livros

2024

Todos os Sonhos do Mundo
Editado em outubro de 2024

Editor e preparador de texto: Aaron Salles Torres
Revisão: Sandra Garcia Cortés
Capa, projeto gráfico e diagramação: SGuerra Design

Dados Internacionais de Catalogação na Publicação (CIP)
(Bibliotecária Janaina Ramos – CRB-8/9166)

P853t Porto, Valéria Corrêa

Todos os sonhos do mundo / Valéria Corrêa Porto. — 2.ed.
— Três Lagoas (MS) : Georgois Artes, 2024.

232 p.; 16x23 cm
ISBN: 978-65-998761-8-9

1. Romance. 2. Literatura brasileira. I. Porto, Valéria Corrêa.
II. Título.

CDD 869.93

Índices para catálogo sistemático
1. Romance.
2. Literatura brasileira.

Para minha amada filha.

SUMÁRIO

NOTA DO EDITOR

Quando escrevi *Inferno & Danação*, uma grande editora segurou a obra por boa parte de um ano antes de renunciar à sua publicação – a despeito de nosso contrato assinado. Não houve nenhuma tentativa de negociação comigo quanto à forma, ao conceito ou ao conteúdo da obra. A empresa – muito comercial – simplesmente alegou medo de sofrer retaliações por parte de setores organizados da sociedade, retratados no livro.

Assim decidi criar a Georgois Livros, braço editorial da produtora audiovisual, com a finalidade de publicar meus trabalhos autorais. Não fazia sentido dar a prioridade de publicação de meus escritos a grandes editoras, por tanto tempo, e me colocar à mercê dos mandos e desmandos delas – frequentemente infundados e vazios. Uma vez publicados *Inferno & Danação* (com um ano de atraso) e *O Brilho da Baliza*, abri uma chamada pública para outros escritores "fora do eixo Rio-São Paulo" – respeitando o perfil da editora. Li aproximadamente uma centena de projetos, porém poucos despertaram meu interesse. *Todos os Sonhos do Mundo* foi um destes, mesmo em sua segunda edição.

Valéria Corrêa Porto capturou minha atenção com esta autoficção, que trata do declínio da Ditadura Militar e entra nos anos 1980. O livro observa a premissa do Modernismo com seu retrato da pessoa comum – no caso, da mulher comum – que vive e reflete os impactos da macropolítica e da macro-história. Faz poucas décadas, entretanto o atraso nacional que o livro descreve parece ser muito maior.

Meu objetivo, ao publicar outros autores, era ser um editor literário também autoral – que, como o produtor de cinema autoral, fomenta a realização de trabalhos nos quais acredita, de outros artistas. Foi um processo intenso que vivi com Valéria porque, como autora, ela possui intenções claras. E impôs limites. Como editor autoral, não tive medo de meter a mão na massa. Quem me conhece sabe que sou ousado. E, além de persistente, sou insistente (muito pior). Diversas vezes infringi os limites e a paciência da autora. Raras vezes nos estressamos mutuamente.

Sinto-me satisfeito e feliz por termos nos desafiado e nos dedicado tanto. Trata-se de um projeto esmerado. Aqui está um livro que, pronto, entra para o rol de trabalhos mais relevantes da Língua Portuguesa contemporânea. Porque poucos tratam, com tanto domínio e tamanha modéstia, de um período tão obscuro e infértil da história do Brasil.

Aaron Salles Torres – editor

APRESENTAÇÃO

São sonhos de Isabel.
São sonhos de todos nós, de amor e liberdade.

Wagner Antônio – jornalista e amigo de Isabel – nos conta sobre ela, sobre a sua trajetória em que o amor a conduz sempre.

Isabel, extremamente inteligente, sensível e livre, tenta ultrapassar barreiras para realizar seus sonhos e viver seu grande amor.

Simples? Não. Isabel nos emociona, nos surpreende e nos faz pensar, repensar a cada pensamento, sonho ou palavra.

Na sua trajetória, encontra um país preconceituoso e lotado de patriotas hipócritas desde os anos 1970...

Isabel sonha com amor e liberdade;
a vida toda sonhou.

E nós?
É preciso ter coragem.
É preciso ter *Todos os Sonhos do Mundo!*

IARA JAMRA – ATRIZ

PREFÁCIO

UM ROMANCE PARA LER AO SOM DE...

"À parte isso, tenho em mim todos os sonhos do mundo". É no poeta Fernando Pessoa, de seu heterônimo Álvaro de Campos, especificamente no poema "Tabacaria" - escrito em 1928 –, que a escritora Valéria Corrêa Porto busca inspiração para intitular o seu primeiro romance: "Todos os sonhos do mundo".

Não por acaso.

A autora, ávida leitora de poesia e apreciadora de música popular, busca nas referências pessoais a inspiração necessária para criar sua ficção – a partir de uma geração que bebeu no tropicalismo e que cultivou muitos sonhos após o terrível golpe militar de 1964 (que ainda hoje parece nos assombrar, portanto, merece ser revisto na literatura).

A história, habilmente contada por Valéria Corrêa Porto, se passa entre 1978 e 1981 – período profundamente marcado por transformações de movimentos socioculturais, sob a dominação de uma ditadura, com censura e perseguição política. Reflete os anseios de uma juventude mergulhada na contracultura e de uma sociedade preocupada com as convenções sociais.

Embalada pela efervescência dos anos 70 e pelo sonho de uma vida melhor dos anos 80, a autora dá vida à história de amor de Isabel e Pedro: uma mulher jovem e livre que conhece o atraente, porém malsucedido empresário, homem casado e com filho, por quem se apaixona. "Paixão, fogo e segredo" que acendem o interesse do leitor a cada página: olhares, gestos, cheiros, sorrisos e choros.

É no reencontro inesperado entre Isabel e o amigo Wagner, em Portugal, na Praça Camões, ao lado da estátua de Fernando Pessoa, que a história começa a ser revelada. Uma amizade que transcendeu o tempo, como as músicas que atravessam as narrativas: Raul Seixas, As Frenéticas, Chico Buarque, Mercedes Sosa... E que aproxima o leitor das tramas e dos personagens que passeiam por Campinas e por São Paulo, além das provincianas Porto Ferreira e Santa Rita do Passa Quatro – cidades pontos centrais dos acontecimentos.

Nesta cartografia afetiva, que embaralha a ficção e a realidade, presenciamos episódios históricos e evolução de personagens estruturantes para a narrativa, que transformam o rumo da prosa. Assim como somos testemunhas de acontecimentos que desvelam misoginia, machismo, abusos e homofobia – tão presentes ontem e hoje. São pequenas histórias que se cruzam e entrelaçam, fragmentos biográficos de personagens, que compõem a complicada e intensa história de amor de Isabel e Pedro.

"*— Não fica assim, Isabel. Não chora — a voz dele soava como um pedido sincero.*
— Isso é uma despedida, não é, Pedro?
— Não tem outro jeito.
— Eu não posso acreditar que não tem um jeito! Como você pode fazer isso com a gente? — ela não continha mais o choro. — Como? Quem não ama não olha como você me olha, não beija como você me beija... Responde, Pedro!
— Isabel, eu tentei. Não posso.
— Pedro, eu não estou pedindo que você se case comigo. Só estou pedindo que a gente continue como era antes. Eu sei que seu

pai pressiona para que você volte com sua ex-mulher. Mas você sabe que nem com todo dinheiro dele você era feliz.

— Não é isso, Isabel — silenciou."

A luta pela sobrevivência de uma mulher livre, mas presa num enredo familiar conservador, é marcada por um rodamoinho de emoções. A revolução política que acontece no país espelha-se, de modo muito particular, na transformação que a protagonista busca por uma vida digna e feliz.

A narrativa ficcional como testemunho do tempo, ou melhor, como "impressões de viagem" – para citar a professora Heloisa Teixeira (antes Buarque de Hollanda) que tão bem refletiu sobre a geração 70 e 80. É inserida em nosso tempo – hoje – que Valéria Corrêa Porto marca presença na literatura brasileira, com sua voz firme, atenta ao passado e ao futuro.

Ramon Nunes Mello

PRÓLOGO

Conheci Isabel em 1978, no primeiro dia de aula da faculdade de comunicação. Ela chegou atrasada e se sentou ao meu lado na primeira fila, o único lugar que restara vazio. Vestia uma blusa amarela que deixava os ombros de fora e argolas douradas nas orelhas. No rosto delicado, chamavam atenção os grandes olhos escuros.

Durante quatro anos se sentou na primeira fila. Eu, desde aquele primeiro momento, não me separei mais dela. Era seu amigo, motorista, companheiro, seu faz-tudo.

— Escuta isso, ô babaca — ela dizia antes de recitar Fernando Pessoa: — "*Não sou nada. Nunca serei nada. Não posso querer ser nada. À parte isso, tenho em mim todos os sonhos do mundo.*"

Isabel dizia que um dia seria a melhor repórter de TV, que seria correspondente de conflitos e guerras e que cobriria até a entrega do Oscar. Tudo isso, não antes de fazer um curso em Nova York. "Tenho que melhorar a merda do inglês", falava.

Nesses quatro anos fui feliz como nunca tinha sido antes. Com Isabel aprendi a rir, a fumar maconha, a ter amigos de todos os tipos. Aluno pobre e bolsista, percebi que — para mim — os sonhos também poderiam ser grandes e possíveis.

Mas no final de novembro de 1981, nos últimos dias de aula, Isabel não apareceu na cerimônia de encerramento do curso e entrega do diploma. Ninguém sabia dela. Fui até a república que ela dividia com outras estudantes — estava vazia. Voltei para São Paulo sem saber o que tinha acontecido. Constatei que não sabia quase nada a seu respeito — nem o endereço de sua família, nem o telefone, nem sequer os nomes dos pais. Quase nada. Somente aquele rosto bonito conhecia em minhas lembranças. Às vezes, a sorrir — a boca vermelha e seus dentes grandes e brancos —; outras, pensativo ou triste.

Muitos anos mais tarde, cobria a crise na Zona do Euro desde Lisboa. Como vinha me habituando, parei para tomar um café na esplanada d'A Brasileira, próximo à praça Camões — a fazer sempre a mesma coisa e nesse dia esperar um resultado diferente. Era um final de tarde de outubro. Toda a gente circulava e músicos tocavam violino encostados na mureta da igreja. Pedi uma bica ao garçom e, embora já não fumasse mais, pedi também um maço de marlboro e um isqueiro — afinal estava na Europa e me encontrava particularmente angustiado.

Avistei, sentada na mesa ao lado da estátua de Fernando Pessoa, uma bonita mulher de cabelos curtos e pretos e grandes argolas douradas nas orelhas. Curiosamente, não me atentei, apesar de ter admirado a figura. O café chegou, acendi um cigarro e fiquei observando a fumaça se espalhar, aproveitando o gosto da liberdade. Então, vi a mulher que me chamara atenção em pé na minha frente, a pedir fogo. No mesmo instante reconheci aquele rosto, agora com algumas marcas do tempo, porém com os mesmos olhos grandes e aquele sorriso vermelho. Olhei para ela, a estender o isqueiro:

— Não está me reconhecendo, Isabel? Wagner das Cruzes.

Ela também havia me notado. Talvez estivesse em dúvida quanto a minha aparência atual — ou fingia não ter se atentado a mim.

— O famoso correspondente internacional. Meu amigo, que saudade! — me abraçou e beijou meu rosto, como se fosse aquele um encontro casual.

— Isabel... O que houve com você? Por que nunca mais deu notícias? Recebi seu e-mail e...

Isabel insistia em rodear o assunto. Percebendo isso, resolvi também fingir que não ansiava que o esperado encontro — solicitado por ela mesma — finalmente acontecesse:

— Querido, muitas coisas aconteceram de uma vez só na minha vida.

— Essas muitas coisas têm a ver com aquele seu namorado? Vocês se casaram, afinal? — foi a única coisa que consegui improvisar, pois o antigo namorado era das informações mais recentes que tinha dela.

— Pobre Pedro. Não quero falar dele agora; quero falar de coisas alegres. Você se lembra do nosso jornal? Não tenho nenhum guardado; tenho tanta saudade.

— Se não apodreceu, deve ter um exemplar onde nós fizemos o funeral — ri, tentando seguir a artificial descontração proposta por ela. — Vamos lá abrir a cova e tirar a caixa. Nossa, quanto tempo. Tanta coisa aconteceu...

— Coisas boas, espero. Como está você?

— Isabel, você se lembra daquele jornalista da emissora de TV do nosso estágio?

— Claro. Aquele que entrevistou a gente...

— Esse mesmo. Voltei lá depois de passar uma temporada em São Paulo sem conseguir nada e eles me contrataram como redator. Ele não estava lá nessa época; voltou dois anos mais tarde, como diretor, e logo me colocou para fazer reportagem. Comecei cobrindo falta e fazendo matéria fria. Foi então que me aproximei mais dele, do Edson. Sempre tomávamos um café no final do expediente. Quando dava, almoçávamos juntos. E passamos a fazer a mesma academia...

— Não! Não acredito no que eu estou prestes a ouvir. É o que eu estou pensando?

— É. Você sempre teve razão.

— Ah, querido. O que eu via era um garoto cheio de ideais carregando um peso enorme por conta do preconceito.

— Você que era a garota cheia de planos e ideais. Eu só seguia seus passos, Isabel. Mas onde aquela garota esteve escondida todo esse tempo?

— Ela voltou faz pouco tempo — disfarçou os olhos marejados.

Pedimos mais café e, entre um cigarro e outro, falamos sem parar. Não parecia que haviam se passado tantos anos; parecia que continuávamos os mesmos estudantes sem compromisso. Quase acreditávamos que aquele se tratava mesmo de um encontro casual.

De repente, ela parou e me olhou por um instante. Sorriu de forma escancarada e começou a cantar baixinho:

— *Enquanto você se esforça pra ser um sujeito normalll, e fazer tudo iguallll...*[1]

A mim não restou outra alternativa que não acompanhar:

— *Eu do meu lado... Um maluco total...*

Nesse ponto, ela já estava quase berrando:

— *Controlando a minha maluquez...*

Quase trinta anos depois, ali estava a minha amiga: cantando "Maluco Beleza" e gritando meu nome — parte verdadeiro, parte inventado por ela. Porque uma de suas manias era batizar os companheiros, criar um nome do meio para eles. Tinha sido moda nos anos 1950 as mães registrarem os filhos com nomes compostos: Carlos Eduardo, Isabel Cristina, Tereza Regina... Nos casos de as mães não o terem feito, Isabel se encarregava disso. Assim me batizou: "Wagner *Antônio*".

Mais uma vez insisti. Perguntei o que havia acontecido, por que tinha sumido, o que havia sido feito dos seus tantos planos.

Por fim, ela me contou aquilo que tinha para me contar quando me contatou por *e-mail*.

[1] SEIXAS, Raul; ROBERTO, Cláudio. "Maluco Beleza", 1977.

PRIMEIRA PARTE

CAPÍTULO 1

A moça estacionou o *fusca*[2] sob o poste de luz e caminhou pela praça de Santa Rita do Passa Quatro. O vestido solto e curto se levantava com a leve brisa. Comprou um picolé do menino sorveteiro e ficou andando em círculos.

No parapeito da janela do sobrado amarelo em frente, a senhora de cabelos cuidadosamente arrumados com laquê a observava. Achou o vestido curto demais — pensou até ter visto a calcinha quando a moça tirara aquelas pernas compridas para fora do carro. Pegou o binóculo de ópera da bisavó — uma relíquia — para enxergar melhor. Sim, tinha certeza: "É a mesma moça que estava se agarrando dentro do carro com o Pedro Ernesto, no sábado passado". Pouco depois a moça, lambendo o picolé, correu para atravessar a praça.

Um minuto se passou e o galaxie apontou, virando a esquina. De longe, já se podia ouvir o som do toca-fitas:

Rivers of Babylon
By the rivers of Babylon, there we sat down
Ye-each we wept, when we remembered Zion.

---

[2] As marcas não mais são nomes próprios: elas viraram substantivos comuns. Portanto, estarão em minúsculas.

By the rivers of Babylon, there we sat down
Ye-each we wept, when we remembered Zion.
By the rivers of Babylon...[3]

— Lá vem ele, corre — a senhora do laquê gritou para a outra que bordava e que, ao ouvir a música, correu e se espremeu junto a ela na janela.

Pedro Ernesto e Isabel — o assunto da roda de comadres, das fofocas dos salões, dos bêbados nos balcões de bar — se conheceram quase por acaso.

Foi em uma tarde quente do começo de janeiro. Dessas tardes em que o melhor é se estender no sofá com o pote de sorvete na mão, ligar a TV e o ventilador na cara, esperar que a chuva — que na certa virá — leve um pouco da quentura para, enfim — passado o aguaceiro —, sair à rua. Somente então ela, meio a contragosto, largou o conforto do sofá e aceitou o convite insistente de Miro, marido de sua irmã Clara, "para buscar uma coisa" na cidade vizinha.

Isabel fez uma exigência: iriam no seu fusca — o som era bem melhor. Eram apenas 14 quilômetros, mas de estrada pedregosa e cheia de curvas. Ele guiou.

Em vinte minutos, ou um pouco mais, o fusquinha 1600 cilindradas já acelerava sobre os paralelepípedos da cidade velha e cheia de ladeiras. Só o toca-fitas ligado quebrava o silêncio das ruas de Santa Rita. Miro circulou os quarteirões, parou em um bar, logo no clube, em seguida em outro bar. Parecia que estava difícil de achar a tal coisa.

— Miro, o que você veio buscar exatamente? — perguntou Isabel, já impaciente.

— Vim ver se arrumava algum com um amigo meu. Não tem mais nada em casa e o cara que ficou de me trazer furou.

---

[3] DOWE, Brent; MCNAUGHTON, Trevor. "Rivers of Babylon", 1970.

— Ah, tá! Só que, pelo visto, estamos rodando à toa.

Na saída da cidade, um grande carro branco de capota preta, coisa rara por ali, passou devagar ao lado do fusca dirigido por Miro e estacionou mais à frente.

— Espera — pediu Miro enquanto encostava —, vou ver se ele tem.

— Não demora!

Dez minutos e o suor já escorria pelo pescoço; o cabelo grudava na testa. Isabel abriu a porta do fusquinha e, em pé, espiou por cima do capô, a perceber o olhar do rapaz pelo retrovisor. Ela foi até a janela do carro branco:

— Oi.

— Prazer, Pedro Ernesto.

— Miro esqueceu o carro no sol. Estou fritando.

— Entra aqui. Vamos dar uma volta.

Miro fumava um baseado, jogado no banco de trás. Ofereceu a Isabel, que negou com um gesto da cabeça.

Pelo canto dos olhos, Pedro notou Isabel reparando nele e sorriu. Ela mexeu nos cabelos esvoaçantes e ele pegou um cigarro. O vento apagou o fogo do isqueiro, no entanto ele insistiu: acendeu o cigarro e o colocou entre os lábios dela.

— Conheço o Miro e os amigos dele desde criança, quando eu e minha irmã passávamos as férias aqui. Mas não me lembro de você — ela continuava a reparar em Pedro.

— Você não se lembra dele, Bel? Naquela época, ele parecia um peão. Andava de sapatão e chapéu, sempre sujo de terra — Miro, galhofeiro, interveio do banco trás.

— Verdade, Pedro?

— Verdade — respondeu entre gargalhadas.

Sem demora, Miro se deixou ser levado pela onda e adormeceu.

— E a música, Pedro?

— Aqui é difícil sintonizar.

— Deixa comigo, então.

O rádio teimou em chiar nos dedos de Isabel. Mas se rendeu aos dedos de Pedro, que achou uma estação que funcionasse.

— Você conseguiu! Deixa aí — Isabel imediatamente começou a cantar junto. — Adoro essa!

Eu sei que eu sou,
Bonita e gostosa
Eu sei que você
Me olha e me quer
Eu sou uma fera
De pele macia
Cuidado, garoto
Eu sou perigosa!

— Hoje tem boate em Porto Ferreira, sabia?

— Boate? Sua irmã nunca quer ir — Miro acordou no banco de trás e interrompeu As Frenéticas. — É melhor a gente ir embora, Bel.

A volta foi curta. Isabel sorriu para Pedro enquanto Miro descia do carro. Pedro sorriu de volta e eles se perderam no tempo do flerte. Do fusca, Miro gritou para ela se apressar.

— Gostei de te conhecer — Isabel se atreveu, antes de abrir a porta.

— Eu também — Pedro aceitou a deixa.

Pelo retrovisor, novamente acompanhou a moça, que correspondeu ao olhar para trás antes de entrar no carro.

A discoteca da cidade era um salão improvisado no segundo andar de um sobrado velho, acessado por uma escada capenga.

Da porta, Pedro Ernesto avistou a moça — de vestido amarelo, iluminada pela luz dos postes e acompanhada de outros dois rapazes.

Ele tinha feito a barba com capricho; havia vestido a camisa azul--marinho de que tanto gostava, mas por fim acabou trocando-a pela branca — que tirou, nova, da caixa. A caminho, fez uma parada no bar do clube, pediu um uísque com gelo, deu dois goles, acendeu um cigarro e saiu a passos largos. Em vinte minutos, estava na porta da discoteca em Porto Ferreira, esperando sem entender por quê. Ridículo.

Isabel viu o moço em pé, sozinho — parecia prestes a ir embora a qualquer momento.

Então, ela deixou seus amigos irem na frente. Apressou o passo em direção ao rapaz, dando-lhe um beijo na face e o convidando para subir. Sorriso grande no rosto.

— Vamos dar uma volta, depois a gente entra — disse Pedro.

Rodaram sem destino no galaxie branco por quase meia hora, até estacionarem em uma rua distante e sem iluminação.

— Sabe, acho que a lua e as estrelas vão ficar mais próximas se a gente fechar os olhos por alguns minutos e depois abrir — iniciou Isabel.

— Você gosta de olhar o céu?

— Já gostei mais. Quando eu era criança, achava que podia voar até lá. Agora só olho quando não tem luz. E você?

— Eu sei que aquele ali é o Cruzeiro do Sul — ele apontou a constelação.

— Ah, isso todo mundo sabe!

— E aquelas são as Três Marias — Pedro riu.

— Quero ver você me dizer o nome daquela ali — Isabel apontou uma estrela qualquer.

— Aquela é a Constelação Isabellis — Pedro ficou sério.

— Claro, a mais brilhante de todas! Como você não saberia? — ela continuou em tom de brincadeira.

— É, mas tem muito mais coisa que eu sei e você não sabe.

— O quê, sabichão?

— Sei que você estuda em Campinas, quer ser jornalista e que não tem namorado.

— Uau! Nem precisa falar quem deu a ficha. Só que agora você também tem que me falar sobre você.

— Muda de assunto, vai — ele retomou o sorriso. — Vou até acender um baseado.

— Nada disso. Vamos começar o interrogatório: idade?

— Vinte e quatro.

— Pena! Muito velho já.

— Ah, vá.

— Estuda ou trabalha?

— Trabalho, revendo carros. Pronto, já falei tudo. Está bom, né?

— Não, só mais uma coisinha: qual seu signo?

— Leão.

— Não acredito! Verdade? O meu também.

Pedro se lembrava dela: uma menina de cabelos compridos sentada na mureta da casa onde passava férias, comendo goiaba. Ele ficava rodando o quarteirão só para vê-la.

— Ai, meu coração! Não vou aguentar — Isabel, com seu jeito despachado, fez com que rissem juntos. Ela se virou no banco para ficar mais perto dele. — E hoje, você veio aqui para me ver?

Quantas vezes o rapaz tinha traçado estratégias para se aproximar da moça. Perguntava para o amigo: "E *sua cunhadinha*, como vai?". O tempo havia passado e uma oportunidade nunca surgia... — até agora.

— Acho que sim — respondeu. Ele tinha ido até Porto Ferreira apenas para vê-la.

Amanhecia o dia quando Pedro pegou a estrada de volta para Santa Rita. Prometeu que não demoraria a voltar, tinha certeza disso.

Quando Sônia tinha 18 anos, um pouco mais velha que Pedro, engravidou. Moça de família, cidade pequena: casamento.

Ele sentiu algum encanto por ela, especialmente quando nasceu o filho — menino bonito, foi chamado de João Marcos, mesmo nome do avô. Moravam em uma casa grande, de fachada larga, perto da praça de onde se escutava o sino da igreja que avisava as horas.

O tempo passou e o rapaz bonito e com jeito de roça com quem havia se casado agora era um homem. Homem, para ela, cada vez mais distante. Sônia sentia-se gorda, desprezada, magoada. De uma mágoa não disfarçada, chorosa, e que despertou no sogro certa compaixão. Da primeira vez que Pedro desabafou que não conseguia mais viver aquela vida, que nunca tinha sido feliz assim, que queria entrar com o pedido de separação, o pai teve a resposta na ponta da língua:

— Você gasta mais do que ganha. Você nunca respeitou sua mulher, pobre coitada! Quem sustenta sua família sou eu.

— Eu preciso da sua ajuda, pai, mas tenho meu negócio, não sou vagabundo. Seu neto não precisa sair daqui. Eu vou morar no sítio.

O barulho da TV abafava as vozes na sala de visitas, não o suficiente. Sônia, que no momento preparava o lanche do filho, percebeu do que se tratava e, apurando os ouvidos, pôde ouvir toda a conversa. O menino nada percebeu, entretido com um carrinho de brinquedo e uma pista de corrida imaginária sobre a toalha da mesa. Sentindo o sangue esquentar e o coração acelerar, Sônia chegou por trás da criança e, acariciando-lhe os cabelos claros, disfarçou a voz que tremia:

— Filhinho, acho que o papai não está querendo mais morar nesta casa com você e a mamãe. Não somos muito bons para ele.

Virou a cadeira do garoto — de quase cinco anos — de frente, pois ele não parecia ter compreendido.

— O papai não quer que a gente more mais com ele. Agora ele quer ficar sozinho. Entendeu?

Enquanto balançava a cabeça em sinal afirmativo, os olhos da criança estalaram para então transbordar em lágrimas sentidas e silenciosas. O pequeno baixou a cabeça.

Na sala, João deu por encerrada a conversa sem considerar nenhum dos argumentos do filho. Colocou o jornal de lado e foi até cozinha para um copo d'água. Sônia rapidamente voltou a montar o sanduíche enquanto Marinalva — antiga empregada doméstica naquela casa — fingia que limpava o fogão.

— Vovô, é verdade que papai não gosta mais de mim e da mamãe e eu não vou mais morar aqui? — o menino levantou os olhos, apesar de manter a cabeça baixa.

No clube, o advogado bebia sozinho uma cerveja no balcão do bar; o cabelo ralo da idade avançada grudado com pomada no couro cabeludo. Pedro Ernesto pegou um refrigerante e se sentou no banco ao lado, acendendo um cigarro.

— Ela já fez a cabeça do meu pai. Não vai concordar com a separação, doutor Amadeu.

— Nesse caso fica muito difícil, praticamente impossível.

— Não posso entrar com o pedido da separação judicial? E essa nova lei, não ajuda em nada?

— Veja bem, de acordo com a nova lei, os cônjuges de comum acordo podem pedir a separação. No pedido judicial por só um dos cônjuges, que seria o seu caso, tem que se ter um bom argumento para apresentar: uma conduta desonrosa, violação dos deveres do casamento que tornem insuportável a vida em comum, uma doença mental sem cura...

— Não sei se posso alegar alguma coisa dessas. Só sei que minha vida é um inferno perto dela, e isso tinha que valer alguma coisa.

— Você pode alegar o que quiser. O problema é o juiz considerar. E problema maior ainda vai ser provar. O melhor mesmo é você convencer a Sônia.

Deitada no sofá, o rosto vermelho de espremer espinhas, os cabelos claros esparramados, Sônia assistia ao noticiário na TV — era uma greve de metalúrgicos em São Paulo. Ao seu lado, fitando o nada, um cansado João fazia companhia, sentado em sua poltrona de couro — as pernas, estiradas sobre a banqueta.

Pedro entrou e o silêncio foi sepulcral.

— Como está o Marquinhos?

O pai se levantou da poltrona e saiu sem dizer nada. Só com Sônia, Pedro insistiu na pergunta: agora, ela tinha destinatário certo.

— Está febril, dei remédio. Seu filho acha que você não gosta mais dele. Foi dormir chorando, não consegui tirar essa ideia da cabeça dele. Seu pai também fez de tudo, mas não adiantou. Tudo que eu quero é o bem de nosso filho. Se você pensa que não pode mais viver assim, mesmo que seu filho sofra, que seu pai sofra, que eu sofra, eu vou embora daqui com ele.

— Não quero que vocês saiam daqui. Pode ficar aqui com meu pai. Vou falar com o meu filho amanhã — e se retirou.

Era uma noite fria e solitária. Havia apenas algumas pessoas no bar e nas mesas de carteado. Sozinho no balcão com uma dose de uísque na mão, Pedro se perdia na fumaça do cigarro.

Pela porta semiaberta da sala embaçada pela muita fumaça de outros cigarros, avistava a mesa de feltro verde: cartas dispostas em leque e jogadores em círculo. Alguém se retirou do grupo e dr. Amadeu Petrola, velho frequentador daquela mesa, convidou o amigo para se juntar a ele.

Pedro Ernesto por vezes jogava, fazia parte de outras mesas de baralho, mas não daquela. Até relutou, mas sentiu que estava com sorte. E estava mesmo: o valor apostado dobrou e depois triplicou. Estava com tanta sorte que alguns jogadores desistiram, outros ocuparam seus lugares e, às cinco e pouco da manhã, ele saiu da mesa como o novo proprietário de um fusca 1300 ano 1967 — bem rodado, do dono do mercado —, uma jaqueta de couro argentina e mais alguns cruzeiros.

Antes de voltar para casa, passou na padaria para pegar pão e leite. Às duas da tarde, quando finalmente se levantou da cama, tomou um café, deu um beijo no filho e disse que o amava muito. Talvez ainda desse tempo de fazer algum negócio com o fusca. A conversa sobre a separação poderia ficar para mais tarde.

Fazia dias que Miro vinha observando o comportamento da cunhada. Chegou a comentar com Clara que o namoro dela estava ficando sério. A mulher não deu a mínima e, na segunda vez que ele trouxe o assunto à tona, o repreendeu por estar se intrometendo na vida da irmã. O buraco mais embaixo era que, quando Miro havia apresentado Isabel para Pedro Ernesto, não comentara com ela um importante detalhe da vida do amigo — talvez porque no momento não tivesse julgado necessário, talvez porque nunca imaginasse que fosse dar no que deu. De uma forma ou de outra, os dias passavam e os dois estavam cada vez mais grudados.

Naquela noite, resolveu esperar Isabel perto do portão. Sabia que ela estava de saída para encontrar Pedro. Por mais de meia hora ficou plantado na mureta, fumando um cigarro atrás do outro para disfarçar, até que finalmente a moça apareceu. Conforme ela descia a rampa de saída, reparou que usava um vestido solto e curto, e os longos cabelos trançados a cair pela lateral do rosto. Estava bonita.

— Não posso demorar, Miro. O Pedro Ernesto está me esperando.

— Nossa! Tudo isso é pra sair aqui em Porto Ferreira?

— Aonde eu vou não é de sua conta.

— Você tá sabendo que o Pedro é casado, né?

— Como assim?

— É o que você ouviu, Bel! Ele é casado e tem um filho!

— Faz mais de dois meses que eu saio com ele todos os dias e só agora você ficou sabendo disso?!

Saiu sem esperar a resposta, a deixar Miro plantado no portão. Sabia que Pedro estaria esperando no lugar combinado, bem perto de sua casa. Mesmo assim, preferiu pegar seu próprio carro. Estacionou o fusca ao lado do galaxie e desceu, furiosa:

— Você mentiu para mim! Eu nunca cobrei nada! Você não tinha o direito de mentir! — ela entrou e bateu violentamente a porta do carro.

— O que foi? Para de chorar e fala.

— Dá um cigarro — pediu. Respirou, acendeu o cigarro, tragou: — Você é casado... Casado, droga!

— Não! Eu estou me separando, até já contratei um advogado.

— Como assim?

— Eu não tenho mais nada com ela faz tempo. Não moramos juntos. Contratei um advogado pra tratar dos papéis do desquite. Logo vai dar entrada...

— Se é assim, por que você nunca me disse nada? Não dá para acreditar.

— Vamos pra Santa Rita e você fala com meu advogado.

— Tudo bem, mas vou no meu carro — queria deixar evidente a indignação.

No Clube da Cidade, Amadeu Petrola se encontrava sentado ao balcão do bar, seu lugar de sempre. O estabelecimento, àquela hora, estava cheio de pessoas bebendo e conversando.

O advogado fez questão de elogiar a beleza da moça antes de confirmar a história de Pedro. Disse que bastaria que os dois cônjuges estivessem de acordo com a separação para que tudo fosse resolvido. Em seguida, discorreu em mais detalhes sobre a tal nova lei que havia entrado em vigor, a Lei do Divórcio, que daria direito a pessoas separadas para se casarem novamente — após três anos de separação judicial ou cinco anos de separação de fato.

— Certamente, é um grande avanço, porque muitos casais são obrigados a viver às escuras ou a se casar no Uruguai... O que não vale nada pelas leis brasileiras.

O advogado parecia entender muito bem a situação de Pedro e, talvez, a de Isabel. Ela notou seu olhar quando usou a expressão "viver às escuras" — afinal, ela estava ali, às claras, sentada ao lado de Pedro ao balcão. De fato, a moça podia sentir os olhares em sua direção, ouvir os cochichos, perceber as pessoas discretamente apontando. Talvez isso já houvesse acontecido antes e ela não tivesse notado. Isabel desviou o olhar para o copo de bebida, para as paredes, para Pedro: que notou seu constrangimento e encerrou a conversa.

A rua estava quase deserta quando a moça foi deixar o fusca estacionado em frente à praça iluminada. Havia somente alguns jovens que conversavam na esquina, um cachorro esfomeado à procura de comida e o menino do sorvete que parecia à espera de um último freguês. Esse freguês foi Isabel.

O som de alguma televisão indicava que a reprise do último capítulo da novela das oito terminava. Da janela, a senhora do laquê observava.

Isabel — com seu picolé — andava em círculos à espera de Pedro que, sem demora, despontou no galaxie. Ela reencontrou o namorado com um longo beijo, caminhou em direção ao sobrado amarelo e parou em frente à janela. Lambeu o sorvete de cima a baixo pela última vez, deu o resto para o cachorro — que abanou o rabo, satisfeito — e mostrou o dedo do meio para a senhora. Deu as costas para a fofoqueira e entrou no carro do namorado, que ria divertido.

Permaneceram em silêncio enquanto o galaxie rodava sem destino. Por fim, Isabel pediu que ele parasse o carro para conversarem. Pedro entrou em uma pequena estradinha de fazenda e desligou os faróis. Abriu os vidros e ficaram, por alguns minutos, a escutar o barulho dos grilos e a sentir a brisa fresca da noite.

— Pedro...

— Oi.

— Não quero terminar com você.

— Vem cá — ele a puxou para perto. — Me desculpa. Eu não contei porque tive medo.

— Desculpo — deu-lhe um leve beijo. — Mas também não quero mais tocar nesse assunto. Vou tentar ignorar esse detalhe da sua vida.

— Isso eu também queria ignorar.

— Eu sei — deitou a cabeça no ombro dele. — Pedro, você sabe onde nós estamos? — perguntou ela de repente, a olhar em volta.

— No meio do mato, por quê?

— Algum perigo?

— Nenhum — ele sorriu.

— Pensou no que eu pensei?

— Ah! Bem antes de você.

Ele já colocava a mão por baixo do vestido da moça.

O dia raiava quando Isabel foi buscar o fusca e retornou para Porto Ferreira.

CAPÍTULO 2

Isabel e Malu haviam frequentado as mesmas escolas na cidade onde nasceram, o mesmo clube, as mesmas festas. Tinham os mesmos amigos. Estudavam o mesmo curso na PUC de Campinas, distante cerca de cem quilômetros de sua cidade natal. Confidenciavam segredos, sonhos e planos uma com a outra.

Malu sabia que Isabel estava vindo para conversar, em sua residência em Porto Ferreira — logo depois do almoço a amiga havia telefonado, com a voz aflita, a dizer que tinha coisas para contar. Porém não havia nada que não ficasse melhor depois de um bom café com bolinhos.

Entre um café quente e um bolinho, Isabel contou a Malu sobre o casamento de Pedro e a conversa com o advogado.

— Eu acho que ele quer se separar, disso não tenho dúvidas. Porque ele nunca escondeu nosso relacionamento. Só que tem alguma coisa nessa história que ele não me contou, e eu tenho um pouco de medo de perguntar.

— Tipo o quê?

— Eu não sei. É só uma intuição — Isabel deu de ombros. — Malu, daqui a pouco todo mundo nesta cidade vai ficar sabendo do estado civil do Pedro. Sei que vão falar horrores de mim e eu vou ter que aguentar.

— Vão falar mesmo, Bel. Mas não se preocupa. Minha mãe não vai me proibir de andar com você — riu.

— Não brinca, Maria Luíza. É sério!

— Eu sei, Bel. Eles que se fodam, né?

— É... Problema mesmo é a Magda.

O país, sob uma ditadura militar havia quase quinze anos, atravessava um momento no qual os movimentos estudantis — que tinham sido fortemente combatidos na década anterior — voltavam a tomar força com reivindicações de caráter político, como a defesa das liberdades democráticas, fim das prisões e torturas, e anistia ampla geral e irrestrita.

Para aquele fim de tarde de 1978, em Campinas, estava programada o que seria "a maior de todas as manifestações". Embora pairasse no ar uma grande ameaça de represália por parte da segurança pública do Estado de São Paulo, sob o Coronel Erasmo Dias — bastante conhecido por sua truculência —, o antigo prédio em estilo clássico da Faculdade de Direito, a PUC Central — tradicional palco de protestos —, estava tomado por estudantes das duas maiores universidades da cidade: PUC e Unicamp.

Do alto do palanque, um rapaz de barba e cabelos desgrenhados gritava no megafone:

— Nossa luta é pela liberdade democrática, pelo fim da carestia, é pela volta da União Nacional dos Estudantes, pela UNE.

Nem Isabel, nem Malu, nem Wagner, nem o rapaz ao megafone, nem qualquer um dos outros estudantes havia se esquecido do que acontecera na PUC de São Paulo meses antes, ocasião em que muitos de seus companheiros tinham sido presos, pisoteados, feridos e até sofrido queimaduras durante a violentíssima invasão da universidade pela polícia — comandada pelo coronel.

— Mas esse senhor não nos mete medo! — repetia cada um mais para si próprio do que para os outros.

— O exército, a tropa de choque e a polícia podem vir. Vamos estar preparados! Não temos medo! O povo unido jamais será vencido! — complementava o rapaz ao megafone.

— Queremos um país livre! — gritou Isabel.

— Abaixo a ditadura! — Wagner tomou fôlego.

E a enorme massa formada por estudantes das duas grandes universidades saiu pelas ruas do centro de Campinas, a percorrer alguns quarteirões e contornar a Catedral:

O povo unido jamais será vencido
Você é explorado, não fique aí parado
Vem para o nosso lado

Das calçadas, moradores e transeuntes observavam em silêncio respeitoso.

Wagner, Malu e Isabel caminhavam lado a lado — haviam combinado que se manteriam juntos. Não que estivessem com medo — isso ninguém ali admitiria.

Para os três amigos e para muitos, o ato de protestar em si não era o único motivo de comparecimento às manifestações: quem não comparecia estava a um passo da "alienação política". Pior do que ser considerado um alienado era ser chamado de "burguês". E pior ainda, no caso de uma mulher, era ser chamada de "burguesinha filha da PUC".

Simultânea e contraditoriamente, aquela geração — que chegou à faculdade em meados dos anos 1970 — era muito diferente dos estudantes que corajosamente haviam saído às ruas em protestos logo após o golpe militar de 1º de abril de 1964. Malu, Wagner e Isabel faziam parte da primeira geração de crianças que havia crescido assistindo a aulas de Educação Moral e Cívica, em que professores de história eram obrigados a afirmar que a "Democracia Militar" — nome que inventaram para o sistema de governo — era algo possível e similarmente forçados a ignorar que a junção daquelas duas palavras era tão incoerente.

Aos dez anos, Isabel tinha decorado os nomes e locais de origem do presidente do Brasil e de todos os ministros para apresentar em classe. Foi tão elogiada que acharam por bem que ela apresentasse para toda a escola. Pelo feito, ganhou um laço de fita verde e amarelo, assim como *a honra* de carregar a bandeira nacional no desfile de 7 de Setembro, o ponto mais alto do ano escolar.

Ela e seus amigos haviam crescido durante o chamado "milagre econômico", quando o litro da gasolina custava menos que banana, e cantaram e dançaram "Este é um país que vai pra frente, ô, ô, ô" — sucesso dos Incríveis. Era difícil o acesso à verdadeira informação, ao passo que a propaganda do regime era vendida em forma de notícia em programas como *Amaral Neto — o Repórter*, no qual o jornalista surgia invariavelmente descendo de um avião ou helicóptero em qualquer lugar combinado do Brasil para mostrar as maravilhas do regime: rodovias, pontes, obras colossais. Nessas imagens, todos sorriam contentes e não existia miséria; os mais pobres pareciam com os pobres da novela: tinham geladeira, televisão, mesa farta e todos os dentes na boca.

Em Porto Ferreira havia dois cinemas. Meia hora antes de um filme começar, a tela se iluminava para exibir a bandeira do país tremulando sob um céu azul — ao que seguiam imagens de desfiles militares, homens uniformizados, tanques, aviões cortando o céu, visitas e discursos do presidente militar em algum lugar do Brasil, ou mesmo Amaral Neto (o repórter) ou a Festa da Uva na cidade do presidente. Os que se mostravam descontentes com o regime eram chamados de "comunistas" — e estes deviam ser torturados e ir para a cadeia, como o padre da cidade de Isabel. Ali foi preso um professor também. Ninguém dizia nada abertamente, mas não acreditavam que o velho padre e o humilde professor eram, de fato, comunistas (no sentido real da palavra).

Malu tinha combinado de se encontrar com um rapaz, estudante de física que conhecera no Paulistinha — barzinho muito frequentado por estudantes. Sugeriu que os três amigos se aproximassem mais da turma de estudantes da Unicamp, pois até aquele momento não havia avistado o tal rapaz.

— Isso é complicado — contrariou-se Wagner.

Ele, cuja maior preocupação era zelar por aquelas duas *malucas*, encontrava-se cismado com o rumo que as coisas estavam tomando: via muito mais pessoas se aglomerarem do que o já previsto "na maior de todas as manifestações"; intuía que algo estava por acontecer.

— Bom, pelo menos dá pra gente se espremer e ir um pouquinho mais pra perto da Catedral. Quero ver o que está rolando por lá — sugeriu Isabel, de todos a mais curiosa.

Dois votos contra um: partiram em direção à antiga Catedral, a abrir caminho entre estudantes que seguiam a passos lentos, entre gritos de protestos. Os três amigos não poderiam prever que, mais à frente, a tropa de choque aguardava a massa humana que se aproximava. Pelo contrário, foram o mais diretamente possível de encontro a ela.

Os estudantes não recuaram diante dos homens — perfilados e armados com escudos e cassetetes — que fechavam a passagem pela rua estreita na esquina dois quarteirões depois da Catedral. Mais homens chegaram pelas costas e os estudantes não tiveram como recuar: estavam cercados. O círculo começou a se fechar, a compactar a massa humana. Cassetetes de borracha açoitavam pernas, braços e cabeças de quem tentava escapar.

Gritos de medo e de dor eram ouvidos por todo lado. Palavras de ordem se misturavam a xingamentos, pedras e bombas. Estudantes ficavam pelo chão. Alguns foram pisoteados.

A população, atônita, observava pelas frestas. Alguns se arriscavam e resgatavam os estudantes feridos. Os universitários que correram e atravessaram a barreira de escudos encontraram a cavalaria, que cercava todo o centro.

Na corrida, Isabel passou pela barreira, entretanto perdeu Malu. Continuou correndo, tropeçou e caiu. Um rapaz, que vinha logo atrás, a empurrou em direção à calçada no exato momento que passava um soldado montado. Talvez por ter sido induzido, o cavalo deu um coice e machucou as costas do estudante. Foi então que um morador entreabriu a porta e os puxou para dentro.

Mais tarde, Isabel encontrou Malu e Wagner em casa, estendidos no sofá da sala e muito assustados até aquela hora.

— Bel, ainda bem que você chegou! Me perdi! Eles me cacetaram... O cara me derrubou, bateu na bunda, no braço e aqui mais para cima onde ficou esta mancha roxa, olha. Eu ajoelhei no chão e pedi pelo amor de Deus. O desgraçado só parou porque acertaram uma pedra nele, no olho dele. O Wagner estava atrás, me levantou e a gente correu.

— Você tá melhor?

— Não, mas vou ficar — e Malu acendeu uma ponta.

— E com o meu Bambi? Não aconteceu nada? — Isabel abraçou Wagner.

— Ei! Será possível que, nem em um momento como esse, você não para com esse papo de veado? — ele reclamou.

— É brincadeirinha. Tô tão feliz de ver vocês bem! — Isabel deu um beijo estalado no rosto do rapaz encabulado.

— Estou indo!

Wagner se desvencilhou do abraço da amiga e saiu.

— Só ele não sabe! Que tristeza! — comentou Malu, assim que Wagner bateu a porta do apartamento que Isabel e Malu dividiam com outras estudantes.

— É. Acho que não quer saber. Não sem razão... Um cara escroto chamou ele de Bambi hoje na faculdade, pouco antes de a gente ir prà[4] manifestação. Eu só queria que ele desabafasse com a gente.

Pediu um trago a Malu:

— Este não é o último, é?

[4] Para a

— Não, nosso estoque está bom. Bel, como você voltou pra casa?

— Eu vim sozinha, me esgueirando entre as frestas dos muros e das casas. Tive muito medo hoje, me senti muito insignificante, nossa vida não vale nada para eles.

— Nessas horas que eu penso que é melhor ser alienada, uma burguesa filhinha de papai.

— É isso mesmo. Acho que a gente tem que enterrar o nosso querido Che, o Marx... Fazer um bom funeral para eles. Vou pegar minhas camisetas, o pôster, a boina. Seu disco da Mercedes Sosa, a boina...

— A boina do Che, não! Eu adoro essa boina! — Malu protestou.

— Se a boina ficar, o Chico também fica — pontuou Isabel.

— Sim! Chico fica! Esse cálice ninguém afasta de mim!

Elas riram e começaram a cantar bem alto.

Uma ponta, um baseado inteiro e mais uma garrafa de Chapinha depois, o retrato de Guevara voou aos pedaços pela janela.

— Não consigo picotar esta camiseta — lamentou Malu, e mostrou a camiseta com a estampa do revolucionário usando a famosa boina.

— Deixa comigo.

Isabel pegou a camiseta e rasgou.

— Pronto. Agora joga.

— Vão se foder! — gritou Malu, jogando a camiseta rasgada. — Vão se danar!

E voou Marx.

— Los dezessete que se fodam!

Voavam os pedaços do disco da Mercedes Sosa.

— *Van a si joder a todos los pobres.*

— *Y los oprimidos.*

— *Viva la marijuana.*

— Mais um pouco de leite, por favor — pediu Nélio com seu sotaque peculiar.

Era um italiano franzino, professor de física da época do cursinho. Tinha ficado amigo das meninas da república e, já havia algum tempo, passava as tardes tomando chá com Isabel e Malu. Falavam de viagens, de filosofia, de política. Além disso, com ele Isabel aprendeu e levou para o resto da vida o gosto de tomar chá com um dedo de leite.

Pedro Ernesto, que tinha chegado de surpresa pouco tempo antes, conversava com ela e as amigas quando Nélio tocou a campainha. Embora já se conhecessem, cumprimentou secamente o professor; não participou mais do papo nem tomou chá — nem sem leite nem, muito menos ainda, com leite. A perceber o clima, Isabel logo tratou de tirá-lo dali. Deu a desculpa de que o levaria até o carro e foi resolver o mal-estar com o namorado.

— Não acho legal você ficar com essa cara para os meus amigos. Você não era assim.

— ...

— Faz quase um ano que nós estamos juntos e você sempre tem alguma desconfiança.

— Aquele apartamento vive cheio de homem!

— Espera aí!

As repúblicas ocupavam prédios inteiros em Campinas. E, em cada prédio, existiam repúblicas masculinas e repúblicas femininas — mas esse não era o caso do apartamento que Isabel dividia com as amigas. A moça se mudou para Campinas um ano antes de entrar na faculdade, para fazer cursinho — ainda menor de idade. Por isso, Álvaro tratou de tudo para instalar a filha: alugou o apartamento, providenciou os móveis e eletrodomésticos e incumbiu o porteiro de uma certa vigilância. Dessa forma, no edifício familiar na avenida Morais Sales, aquela era a única república.

Ainda assim era preciso um certo cuidado, pois moças que estudavam fora não eram bem-vistas na cidade pequena. Sempre havia falatório. Por esse motivo, havia regras: visitas masculinas apenas até as 11 da noite; além disso, era expressamente proibido dormir com namorado na república.

Malu e Isabel eram as únicas cuja condição financeira permitia que se dedicassem somente aos estudos — tinham mais tempo. As outras garotas trabalhavam de dia para custear os estudos à noite. E algumas apenas trabalhavam. Mas, por certas atitudes do Pedro Ernesto, Isabel tinha percebido que o apartamento de Campinas onde moravam tantas mulheres bonitas e solteiras já havia ganhado fama na cidade pequena — não somente em Porto Ferreira, mas na pequena Santa Rita também.

— Como você sabe disso? O que quer dizer com isso?

— Toda vez que eu venho aqui, tem alguém. Você nunca está sozinha.

— Tem sete meninas morando lá! Você conhece todas. E, se você quer saber, o Nélio não está interessado em nenhuma.

Os dois permaneceram em silêncio. Finalmente, Pedro deixou um pouco de se roer.

— Ah, deixa para lá. Você pode faltar à aula amanhã? — perguntou, mais calmo.

— Se for para ficar com você — ela sorriu e lhe deu um beijo.

— Pintou o convite pra uma festa no Gallery hoje à noite — lançamento de uma bebida nova, sei lá... E amanhã, antes de vir embora, eu aproveito para ver um carro. Vamos?

— Só o tempo de pegar roupa no apartamento.

Isabel nem quis esperar o elevador — preferiu a escada. Pedro foi esperar no carro. Enquanto subia correndo as escadas, a moça pensava em que roupa vestir. "Talvez aquela blusa de lurex dourada com a calça preta superjusta e o salto plataforma transparente? Ou o bustiê preto com a jaquetinha, a calça alta e o cinto dourado?"

CAPÍTULO 3

Os convidados se aglomeravam na porta da boate mais famosa de São Paulo, o Gallery — versão paulistana da *Frenetic Dancing Days Discotheque*, no Rio: na entrada foram brindados com uma pequena garrafa da nova marca de bebida. Os amigos de Pedro esperavam por eles em mesas reservadas.

Sem demora, Isabel dançava sozinha na pista. Da mesa, Pedro a observava: ela havia escolhido a calça justa e a blusa de lurex com a jaquetinha e o plataforma transparente. Alguns rapazes até se aproximaram — a moça saía de perto ou fingia que não percebia.

Quando começou a tocar "Macho Man", a namorada mandou um beijo para Pedro. Não percebeu que o rapaz tinha cruzado os braços sobre o peito tão depressa, farto da situação. A pista trepidava com a animação.

Isabel levantava os braços e cantava. Dançava olhando para o namorado quando um cara se aproximou e começou a dançar junto. Nesse momento, a moça tirou a jaqueta que usava por cima do bustiê e a girou por cima da cabeça. Notou que todos na mesa olharam para ela. Pedro encarou, nada satisfeito, e Isabel vestiu a jaqueta novamente. Virou-se de costas para as mesas e dançou com o desconhecido até a música acabar. Duas músicas depois, Pedro alegou que estava cansado e disse que queria ir embora.

No caminho para o hotel, Isabel comentou que havia adorado a festa.

— Dançou bastante, né?

Ela concordou, ignorando o tom de malícia do comentário. Quiçá fosse coisa de sua cabeça.

— E dos caras olhando também.

Não, não era coisa de sua cabeça.

— Para! Eu fiquei na minha! Aliás, o cara nem curtia mulher! Deu para perceber? Ou não?

— ...

— E quando tocou "Killing me Softly", foi você que eu chamei para dançar. *Strumming my pain with his fingers, singing my life his words, killing me softly with his song. Killing me softly with his song, telling my whole life with his words. Killing me softly...* — cantou enquanto se aproximava de Pedro com carinho.

Nunca tinham se hospedado naquele simples hotel de viajantes, perto da Praça da República. Costumavam ficar em um próximo à avenida Paulista, bem mais elegante. Isabel não perguntou a causa da mudança de padrão, simplesmente suspeitou de alguma represália econômica por parte do pai do namorado. Pedro provavelmente havia feito a reserva por telefone um dia antes e, quando o funcionário da recepção lhe entregou a ficha para preencher os dados, ele a preencheu como Pedro Ernesto e Senhora — como se fossem casados.

Ao perceber isso, Isabel — que estava em pé a seu lado, pronta para pegar o documento na bolsa — apenas fechou o acessório e sorriu para ele ao mesmo tempo que o *bellboy* já se oferecia para levar as duas pequenas malas para o quarto.

— Pedro, eu senti orgulho em ser a senhora Pedro Ernesto, mesmo que seja só na ficha do hotel — confessou mais tarde, aproveitando um momento de tranquilidade pouco antes de dormir.

— Isso até poderia ser verdade — ele a abraçou.

— Você acredita em Deus?

— Não sei...

— Às vezes, penso no porquê de a gente estar junto — ela se enveredava a filosofar.

— Eu também.

— Sabe, fico tão feliz quando a gente está assim que nem quero muita coisa da vida. Acho que só ser um pouco rica, e você?

— Ah... Quero ser rico, mas não muito. Ser muito rico dá trabalho.

— Então, agora diz que me ama.

— ...

— Diz!

— Amo você, Isabel.

No dia seguinte, ainda enrolada nos lençóis, sonolenta e divagando sobre o café da manhã do hotel — que não deveria ser lá essas coisas —, virou-se para o lado e algo lhe chamou a atenção. Restava sobre a mesinha a mala que Pedro tinha acabado de abrir: duas camisas dobradas, uma camiseta, uma malha enrolada, um par de calças, cuecas.

— Quem vai desfazer sua mala depois? Ela?

— Ela.

— Posso pôr uma lembrancinha aí dentro?

Sorrindo, ele concordou com a maldade e entrou no banho.

No papel timbrado do hotel, Isabel escreveu:

"Amor,
O brilhante deste anel que você me deu, que agora está em meu dedo da mão direita, brilha mais que todas as estrelas do universo. Pouco importa seus muitos quilates, e sim o amor que ele representa em toda sua eternidade.
Para sempre,
Isabel"

Uli, a bonita pastora-alemã da família latiu, a festejar a chegada de Isabel — que voltava para Porto Ferreira depois de mais algumas semanas de estudos. Foi abanando o rabo até a pesada porta de madeira da entrada. A pouca luz de final de tarde ainda entrava pelas cortinas levemente abertas da sala: a gata preta peluda de Isabel dormia no sofá, o jornal estava fechado sobre a escrivaninha. A moça somente ouvia o som dos próprios passos ressoando no assoalho encerado e o tique-taque do antigo relógio de pêndulo pregado no alto da parede — a casa parecia vazia.

Chamou pela mãe e não houve resposta. Deixou a mala sobre a cama, passou pelo quarto dela e encontrou a porta entreaberta:

— Mãe, cheguei! — avisou baixinho, ao abrir um pouco mais a porta.

Não havia ninguém.

Magda estava sozinha na cozinha. Tomava um café e não tirou os olhos da xícara nem quando a filha entrou dizendo que a procurava. Mesmo estranhando a atitude da mãe, Isabel foi lhe dar um beijo. Magda virou o rosto.

— O que foi, mãe? — a moça perguntou, inconscientemente certa do que seria.

— Não adianta mentir que eu já sei de tudo!

— Tudo o quê?

— Você não vale nada, Isabel!

— Do que você está me acusando, mãe? — sentou-se na cadeira de forma que ficassem frente a frente.

— Estou aqui o dia inteiro esperando você chegar. Minha vontade é de voar no seu pescoço. Fingida! — gritou. — Você sabe muito bem do que eu estou falando: do seu caso com um homem casado e que tem um filho!

Com a palma da mão aberta, deu uns tapas no braço de Isabel, que a essa altura já chorava.

Se dependesse de Magda, a moça nunca teria ido estudar fora — era muito nova, rebelde, mulher. A despeito disso, não era costume da mulher gerenciar a vida de Isabel, nem em Campinas nem quando ela vinha visitar Porto Ferreira. Sim, existiam discordâncias eternas quanto aos mimos do marido para a filha: pedia um vestido novo, o pai comprava; brincos de ouro, o pai dava; carro, o pai comprara. Contudo, a mãe não regulava — por exemplo — as saídas noturnas dela com as amigas e namoradinhos, muito menos as saídas diurnas, nem sequer aonde ia com seu carro. Esse foi um dos motivos de ter se sentido tão traída: a extrapolação daquela liberdade, que Magda já concebia ser quase sem limites.

— Ai, mas... — a moça reagiu ao tapa.

— Quieta, eu ainda não terminei! Exijo que você se afaste desse homem!

— Sou maior de idade! Meu pai que me dá dinheiro, e eu não vou mais escutar isso — se levantava.

Isabel viu a mãe travar os dentes. Sabia que a resposta acabava de deixá-la ainda mais irritada.

Desde muito pequenas, a moça e a irmã, Clara, foram acostumadas à disciplina e às regras da mãe: ter modos sempre; estar limpas e arrumadas à mesa exatamente às 12h30 para o almoço; estar de banho tomado às 17h30; estar prontas para o jantar às 19h00; apresentar o boletim escolar carimbado de notas azuis. De resto, na maior parte do tempo Magda se sentia tranquila, pois moravam em cidade pequena.

Todavia, a mãe se ressentia pelo fato de Álvaro muitas vezes apoiar a filha Isabel em ocasiões que ela própria era contra. Achava o pai liberal demais com a moça, não assinava embaixo do que ela chamava de "atenção exagerada".

Magda deveria ter interpretado como um prenúncio o fato de que, desde cedo, Isabel sempre tinha mil argumentos. Como quando a mãe marcava um horário para que a moça chegasse em casa. "Vou ficar preocupada", dizia Magda. A filha retrucava que ela era egoísta, acusava que a preocupação era por seu próprio bem-estar e não porque a moça de fato se expunha ao perigo. "Isabel, senta direito. Isabel, fecha as pernas", "Não cruza as pernas!", "Não ria alto. Fale baixo", "Não suje o vestido", "Se chegar descabelada, vai apanhar!". A mãe, então, ficava nervosa, perdia a calma e batia. Desde o princípio, tinha sido daquele jeito: Isabel provocava e desafiava; por isso, apanhava.

Dessa forma, enquanto a moça se levantava, Magda prontamente a segurou pelo braço:

— Não se atreva a me deixar falando sozinha — ordenou.

— Eu fico. Se você me escutar e parar de me xingar.

Magda estava no segundo cigarro. Serviu-se de mais um café, suspirou e concordou com um movimento de cabeça.

— Mãe, ele já estava separado da mulher quando o conheci. Eu não atrapalhei o casamento de ninguém. E não me importo com o que estão falando. Isso não muda a minha vida em nada.

— O seu comportamento é vergonhoso! E você pode não querer, mas deve satisfação à sociedade!

— Nada disso importa para mim, mãe. Eu não consigo mais viver sem ele.

— Se afasta dele, Isabel! Se afasta agora, antes que seja tarde!

Foi Magda quem se levantou e saiu.

Isabel ainda ficou algum tempo sentada à mesa da cozinha, com uma xícara de café frio na mão.

Aproveitando uma saída das filhas com o bebê, a mãe chamou o genro Miro para uma conversa: "Um assunto de família", adiantou.

Estava sentada na poltrona berger de veludo verde e tinha no colo o *estado de s. paulo* — aberto no caderno de variedades — e uma tesoura. Gostava de recortar receitas novas, que às vezes pedia para preparar: a Isabel ou à empregada doméstica. Um cigarro queimava no cinzeiro ao lado. Deu uma tragada e disse:

— Desde que o Álvaro comprou as terras em Goiás e fica mais para lá do que para cá, fui obrigada a assumir a casa. Tudo bem: a Clara está casada. Mas a Isabel praticamente ficou sob a minha responsabilidade. Então, eu quero que esta conversa fique só entre nós.

— Sim, senhora.

— Você é amigo daquele sujeito com quem a Isabel anda saindo, não é?

— Conheço desde moleque.

— Ele é casado ou não é?

— Bom, casado ele é, mas não vive bem.

De repente fez um discreto sinal para Miro esperar: Rita — empregada da casa fazia muitos anos — entrava na sala, trazendo a bandeja de café. Serviu-se e ofereceu a Miro, que recusou. Mandou que deixasse a bandeja na mesinha ao lado, agradeceu e dispensou a mulher. Apenas depois continuou:

— Como assim? Explica melhor.

— Casou obrigado, sabe como é.

— E a mulher dele, será que sabe de tudo isso que está acontecendo?

— Todo mundo sabe, né, dona Magda? O problema não é ela, o problema é o pai dele.

— Como assim?

— O pai dele não quer ficar longe do neto de jeito nenhum.

— E ele depende do pai?

— É, né... Ele até faz uns rolos que dá algum. Mas dinheiro, mesmo, quem tem é o velho.

— Hum, sei... Bom, Argemiro, qualquer coisa que você souber sobre ele, eu quero que me conte.

— Tudo bem, eu conto sim — Miro se despediu e deixou Magda só.

Antes de sair, ele passou no quarto. Clara já dormia com o filho ao lado. Miro demorou alguns instantes a observar a esposa: seus cabelos claros até os ombros esparramados em anéis pela cama, seu corpo pequeno e seu rosto delicado. Acariciou as pernas da mulher, provocando-lhe um suspiro. Ela se virou na cama e ele beijou seu rosto: informou baixinho que iria ao banco.

O gerente do banco de Porto Ferreira avistou Miro e se levantou para recebê-lo. O homem de meia-idade, cabelo ralo e uma pequena corcunda estampou o mais profissional dos sorrisos e, após os tapinhas nas costas, perguntou pelo sogro do rapaz. Este se apressou em dar notícias de Álvaro e esclarecer que estava ali para resolver alguns problemas sobre aplicações e seguros.

— Pois não, sr. Argemiro. Antes, vou pedir um café.

Sentado com as pernas esticadas para a lateral, vestindo uma camisa branca, calça jeans e um mocassim sem meias, Miro pouco olhava para o tão solícito gerente do banco. Sabia que o café e tudo mais eram por conta do dinheiro do sogro, contudo pouco importava que a riqueza ainda não fosse própria. Um dia seria dele: um dia seria chamado de "doutor Miro".

Entre goles de café, Miro deu uma olhada nos cálculos das aplicações e outra na fila de pessoas no caixa. Estufou o peito: aquele café tinha o gosto do dinheiro.

Após uma parada no bar da praça para tomar uma cerveja, voltou para casa e encontrou Clara a tomar suco na cozinha. Deu um beijo na mulher e puxou uma cadeira. Miro esperou a empregada doméstica sair para contar que havia ido ao banco conforme o sogro tinha instruído. Mostrou os extratos das aplicações, enfatizou seus montantes e disse que gostaria de voltar antes do planejado para a fazenda.

— O que tá pegando, hein, Miro?

— É que a gente precisa garantir o que vai ser nosso.

— Você sabe que o negócio da minha irmã sempre foi estudar. A Isabel não gosta de mato.

— Eu sei. De repente ela pode casar, mudar de ideia, sei lá...

— Duvido! Mas, se isso acontecer, tudo bem.

— Ô, Clara, eu que ajudo seu pai em tudo! Acha justo?

— Miro, meu pai pode pagar um empregado pra fazer o que você faz. Além do mais, pra quem era um pé-rapado, você já tá no lucro faz tempo!

Miro engoliu em seco a alfinetada da esposa. Sabia que com Clara de nada adiantaria argumentar — dizer que se sentia desvalorizado pelo sogro, que gostaria de um carro novo, que esperava ter sua própria fazenda um dia.

Naquela mesma noite, ele se encontrou com Pedro no clube em Santa Rita e avisou:

— Dona Magda tá meio cabreira com você, meu. Andou fazendo umas perguntas...

— Ela tem direito. E a Isabel, chegou?

— Chegou. A Bel tinha ido fazer alguma coisa na rua com a Clara e o neném mas, quando eu saí de lá, minha mulher tinha voltado sozinha. Não sei pra onde a Bel foi. Sabe como é, né, meu... Ninguém pode com a moça. Ela faz o que quer!

— Tá tudo bem, cara. Precisa se preocupar, não.

Desde que foram apresentados, aquela era a primeira vez que Pedro tinha ficado tanto tempo sem ver Isabel. Um mês e três semanas fazia da festa no Gallery. Sentia sua falta.

As coisas não andavam muito bem para ele — o comércio de carros não progredia e cada vez tinha menos dinheiro. Quando achava que a situação não podia piorar mais, foi que piorou. Sônia encontrou o bilhete pirracento de Isabel e imediatamente entregou ao sogro. João, que tomava seu café, pegou o papel timbrado do hotel barato — um tanto contrariado com a interrupção da nora, para começar. Previa que se tratava de mais problema.

— Estou cansada de tanta humilhação. Vou pegar o meu filho e vou para a casa da minha mãe.

— Não seja precipitada, Sônia. Vou resolver isso.

— O senhor sabe que é como um pai para mim, mas não aguento mais. Ou ele termina com essa mulher ou eu vou embora!

João, em sua cadeira, pensava na atitude a tomar. Estava cansado das criancices do filho, de ter que constantemente apagar incêndios. Talvez devesse ser mais duro, pelo bem de seu neto.

Assim que escutou o barulho do galaxie e Pedro entrar pela porta, o velho o interpelou:

— Pedro, você é um homem ou é um moleque?

— Do que você está falando, pai? — surpreendeu-se com as palavras duras.

— Eu estou falando da prostituta com quem você está saindo e gastando o meu dinheiro!

— Ela não é uma prostituta. E o senhor sabe que eu não vivo mais com a Sônia. Não estou entendendo por que o senhor está falando dessa forma.

Com o rosto já bastante vermelho, ainda procurando manter o tom de voz, João estendeu o bilhete. Pedro leu e se lembrou do pedido de Isabel para colocar alguma lembrancinha na mala. Na hora, ele tinha achado graça, a imaginar que a provocação fosse uma calcinha ou algo assim. Disse ao pai que se tratava de uma brincadeira.

— Como? Você não deu um anel para ela?

— Não, não dei anel nenhum — Pedro pôde ver um mínimo levantar de sobrancelhas na face de João. — Pai, não existe casamento com a Sônia faz tempo. Só estou aqui por sua causa e do Marquinhos.

— É sério o que você tem com essa moça?

— Eu gosto dela, pai.

— A Sônia diz que vai embora daqui com meu neto.

— O senhor tem que parar de acreditar nas ameaças dela e me deixar viver minha vida. Nem quero mais morar aqui. O melhor pra mim é morar no sítio e passar aqui todo dia para ver meu filho.

João tentou convencer o filho a não sair de casa. Ameaçou cortar qualquer ajuda financeira. Não teve jeito. Passou a temer que Sônia cumprisse suas ameaças.

Pedro deixou o galaxie na garagem do pai: era dele. Disse que usaria o carro pequeno e mais antigo que havia adquirido para revenda.

O sítio era uma pequena propriedade, distante pouco mais de quatro quilômetros do centro de Santa Rita. Havia lá uma plantação de milho, uma granja abandonada, um bonito lago e uma casa precisando de pintura — com dois quartos, sala, cozinha e um banheiro.

Pedro sentiu o cheiro de mofo assim que abriu a porta. Apressou-se em abrir as janelas da sala, que tinha o pé-direito alto e era bem ventilada. O sofá de encosto curvado, muito fora de moda, e as duas poltronas de couro sintético vermelho desbotado estavam bem desgastados, todavia davam para o uso. No quarto, uma cama de casal em bom estado, uma mesinha encostada na parede, um armário de tamanho razoável, um colchão novo. De resto, tudo muito simples.

Simplicidade para ele, naquele momento, era perfeição. Tratou logo de mandar limpar, instalar antena de TV, colocar lençóis limpos e abastecer a geladeira — era o que bastava. E avisou que buscaria Isabel.

A calça preta justa com botas de salto alto igualmente pretas, estilo montaria, pareciam perfeitas para aquela noite. A moça experimentou uma blusa branca de seda, uma regata de lurex e, por fim, acabou escolhendo uma preta de decote bem generoso e mangas bufantes. Completou o visual com um cinto dourado e os brincos novos que havia ganhado do pai. Soltou os cabelos — que já estavam pela cintura — e conferiu a imagem no espelho. Faltavam apenas a bolsa e um casaco, pois fazia um friozinho: Pedro tinha dito ao telefone que viria pegá-la porque iriam jantar; não especificou o após.

Passou pela sala, onde os pais se reuniam, para avisar que não a esperassem. Álvaro, que havia chegado da fazenda fazia alguns dias, elogiou o estilo da filha: as botas tinham caído muito bem. Magda achou um tanto exagerado.

Pedro mal beijou a namorada, que entrava no carro, e soltou o comentário — a apontar o dedo para o decote da blusa dela:

— Parece que está faltando alguma coisa aqui.

— Você achou? — ela rebateu com ironia. Logo se arrependeu, vestiu o casaco, e alegou que estava morrendo de saudades.

O namorado sorriu e a beijou novamente, com delicadeza. Reparou, nesse momento, que ela não usava as habituais argolas douradas, mas outro par de joias — sabia muito bem diferenciar bijuterias e, se afastando um pouco, perguntou se os brincos eram novos.

— Viu que lindos? Eu adorei!

— Seu pai tá aí? — ele indagou despretensiosamente enquanto punha o carro em marcha.

Isabel explicou que estavam todos. Clara, Miro e o bebê em breve voltariam para a fazenda: o cunhado estava impaciente, mais do que o próprio sogro; demonstrava grande preocupação. Até parecia que todas as vacas da fazenda morreriam de fome sem ele por perto.

O jantar caminhava para o final quando Pedro retomou o assunto. Queria saber se Isabel não pensava em ir com o pai para a fazenda.

— Ele diz que lá não é lugar para mim, que a estrada é ruim, que tudo é muito rústico... *blá, blá, blá*. Então, só se for de avião — arrematou em tom de brincadeira.

No sítio, a moça fingiu que não achou o cenário um tanto triste: um retrato desbotado dos anos cinquenta, que por certo havia muito tempo estava lá, encostado e esquecido; as poltronas de curvim; o tapete puído sob a mesinha de pés palito — alta e pequena demais, deslocada no centro da sala; a vitrola antiga de cerejeira com quinas lascadas, encostada abaixo do vitrô. Pelo contrário, demonstrou a animação de sempre e disse que tinha adorado o lugar, principalmente três coisas. Começou a enumerar de trás para frente, enquanto Pedro preparava uma bebida:

— Em terceiro lugar — fez uma pausa —, a vitrola. Funciona?

Diante da resposta afirmativa, levantou-se do sofá onde estava deitada — enroscada no namorado — para escolher um disco. Não encontrou nada do gosto do casal, prometeu providenciar uns discos mais modernos e continuou sua lista. O segundo lugar ficou para o lago na frente da casa, "por ser lindo e perfeito para nadarem pelados". Pedro respondeu que colocaria piranhas no lago se ela fizesse isso sozinha.

— E em primeiríssimo lugar — continuou Isabel —, eu escolho a cama!

— Então, o que a gente está esperando? Vamos logo para lá — ele se levantou e puxou a moça pelo braço.

— Não! Não é só isso — a moça fez Pedro se sentar novamente. — Tenho uma condição: aquela cama tem que ser só nossa! Ninguém mais vai se deitar nela. Você tem que me prometer, de todo coração, até o dia que for nossa pra sempre.

Como uma das inúmeras questões que nem o próprio casal sabe conscientemente explicar, essa fala deu início a uma discussão em que o rapaz chamou a namorada de mimada — primeiro, em tom passivo-agressivo e, depois, diretamente —, a argumentar que o pai dela fazia tudo o que ela queria.

— O que tem isso? Meu pai faz mesmo muito por mim, mas eu não estou precisando de um outro pai. Eu estou falando da gente.

— Ah, Isabel — Pedro se serviu de mais uísque —, dá um tempo, vai! Que seu apartamento está sempre cheio de homem, eu já sabia. Mas agora você deu pra pedir lembrancinhas pros caras!?! Qual é, Isabel? Você não pensa?

Isabel olhou para ele, incrédula. Sentiu que estava encrencada. Miro na certa tinha dado com a língua a respeito dos rapazes de Santa

Rita que, por curiosidade, haviam passado a fazer visitas à república que ela repartia com as outras moças em Campinas.

— O que eu fiz foi estabelecer regras. Não aguentava mais os caipiras de Santa Rita indo fazer visitinhas lá toda semana. Aliás, eles nem estão interessados em mim, ninguém está! Eu falei que podiam visitar a república de meninas desde que cumprissem as exigências: o cara da granja tem que levar caixas de ovos; o outro, compotas de doce e assim vai... Especificamente pra mim eles têm que levar um toblerone. Caso contrário, não entram. Só isso.

Pedro não aguentou. Abaixou a cabeça para rir, mas prosseguiu:

— Os caras falam, Isabel. Você entende?

— É claro que falam! Sempre falam! Se comeram, falam. E, se não comeram, falam mais ainda. Eu sou a amante. Esqueceu?

Não esperou que ele respondesse. Em pé no meio da sala, agitada, quase chorando, continuou:

— Todos os homens de Santa Rita, Porto Ferreira e adjacências me comeram. Eu dei pra todos eles!

Isabel se surpreendeu pela forma como ela própria colocou. Nunca, jamais havia se colocado naquele lugar: o lugar da "amante", da "prostituta" — palavras da mãe que lhe vieram à cabeça. "O que vão falar de você? O que vão pensar de você?" Foi quando Pedro interrompeu:

— Pode parar, Bel. Não é nada disso. Só corta os caras, tá bom?

Ela suspirou e, mais calma, concordou. Havia uma cama a ser inaugurada.

Naquela noite riram como crianças. Disseram todas as bobagens e se amaram muito.

Às cinco da manhã, ele deixou Isabel na porta de sua casa em Porto Ferreira. Desta vez, preferiu não ficar — ainda não era verdadeiramente a sua cama.

Pedro silenciou sobre a briga com o pai. A respeito de seus planos para o futuro, teve vontade de falar. Iria se sentir mais leve se pudesse compartilhar com alguém. Quase falou.

Aquele Natal, o primeiro desde que haviam se conhecido, Isabel passou sem Pedro. Imaginou presentes, castanhas, sinos de Belém... não recebeu sequer um telefonema. Uma semana depois, já não esperava nada e saiu com Malu para festejar 1979 que chegava.

Era costume em Porto Ferreira as famílias abrirem seus lares no *réveillon* para receber quem aparecesse. Os jovens se juntavam em bandos e percorriam a pé algumas casas, onde entre abraços e desejos de "Feliz Ano Novo" compartilhavam a música, a bebida e a mesa farta.

Lá pela terceira casa da noite, Malu e Isabel conversavam alegremente em uma roda de amigos. Inesperadamente, a anfitriã — mãe de uma colega da Isabel — se colocou no meio do círculo e confrontou a moça:

— O que você está fazendo aqui? Quem te convidou?

Humilhada, Isabel não entendeu imediatamente o motivo da agressão. Malu sabia do falatório que corria a cidade fazia tempo. Todos os outros também sabiam. Ninguém se pronunciou para defendê-la.

Não existiu resposta. Todos se retiraram.

CAPÍTULO 4

— Alô, alô?

— Wagner, tá me ouvindo?

— Ok, vai daí.

— Três, dois, um.

— Estamos aqui para mais uma transmissão direta do Anfiteatro onde, neste momento, o autor de "Dois Perdidos numa Noite Suja", Plínio Marcos, dá uma palestra para os alunos do curso de Comunicação — Isabel iniciou a transmissão. — Esperava-se um teatro lotado, mas apenas metade da sala está ocupada. A palestra já tem pouco mais de uma hora, e agora se iniciará um debate sobre se o futebol é ou não o ópio do povo. Vou me aproximar um pouco e fazer algumas perguntas ao público.

E assim o fez:

— O que vocês estão achando da palestra, meninas?

— Ah... Estava até gostando no começo, mas daí, sabe... Ele é meio... Sei lá, não dá para entender muito bem o que ele pretende.

— Mas sobre o que ele está falando? — Isabel, uma jornalista ainda em formação, tentou ser persuasiva na entrevista.

— Ele agora tá organizando um debate com os alunos, e a questão é se o futebol é ou não o ópio do povo.

— E aí?

— A gente meio que detesta futebol...

— Bom, parece que não é o que elas esperavam. Vai daí, Wagner.

— É a sua, é a nossa ZYK Maluco Beleza chegando com mais informação para você nesta manhã.

Wagner cuidou de tocar a indispensável vinheta: "*Eu vou ficar... ficar com certeza maluco beleza...*". A fazer bom uso do tempo, prosseguiu:

— Agora, enquanto a gente aguarda a entrevista exclusiva com o grande Plínio Marcos, um pouco de poesia de mimeógrafo. Esta é para você, querida ouvinte solitária: "*O unicórnio galopa na noite funda, transcende dourado a vagina úmida. Vaga por entre pernas e explosões, despertando entre fumaça e arco-íris. A musa que agora repousa, triste, tendo ao lado meu falo em riste.*" Você, caro ouvinte, pode adquirir o exemplar de "O Unicórnio" no varal da cantina, direto com o autor Zé Maria. Vamos lá, pessoal. Apenas um cruzeiro...

E tratou de botar no ar uma canção que estava no ponto — momento em que Isabel abriu a porta do estúdio, ansiosa.

— Ai, meu Deus. O que eu pergunto para ele, Wagner?

— Sei lá, Bel. Você que viu a palestra do cara.

"O cara" passava por ali, já de saída. A estudante o avistou e apenas gesticulou ao amigo — precisava correr. Assim que a canção terminou, conseguiu a atenção do dramaturgo — cercado ainda por outros estudantes:

— Plínio, Plínio, um minutinho, por favor — a moça respirou fundo e perguntou: — Qual seu palpite para o jogo do Brasil amanhã?

Minutos depois da resposta, estava de volta ao estúdio.

— Bel, você não tinha pergunta melhor para fazer, não? — Wagner ria, incrédulo.

— Ah, querido! Você acha mesmo que é importante saber se o futebol é ou não é o ópio do povo? O cara só falou disso a palestra inteira. Além do mais, se o futebol não for o ópio do povo, o que seria? Ou é futebol ou é novela. Que informação relevante chega pro povo neste país?

— Nada, né?

— Então, deixa o povo.

— É... e qual foi o palpite dele para o jogo, mesmo?

— Três a um, Brasil.

Outra canção terminava.

— É a sua, é a nossa ZYK Maluco Beleza encerrando mais um dia na sua vida. Fique agora com Baby e Pepeu.

Uma última canção restava no ponto.

... Você pode fumar baseado.
Baseado em que você pode fazer quase tudo.

Wagner sabia que, sem Isabel, jamais teria tocado adiante o projeto da rádio Maluco Beleza. Quando contou a ela que havia um estúdio quase totalmente montado na sala de rádio e TV, a moça imediatamente começou a fazer planos e a montar estratégias. O fato de serem alunos do segundo ano do curso poderia ter sido um impedimento. Mesmo assim, ela resolveu arriscar. Marcou hora para falar com a diretoria do curso e os dois apresentaram o projeto.

Os equipamentos que faltavam foram comprados. A Maluco Beleza começou devagar. Os amigos tiveram que fazer muitos acertos, passaram muitas horas e dias na faculdade para conseguir ter o domínio dos equipamentos. Apesar do porém — de que a rádio só funcionou nos limites do campus, ou seja, nos alto-falantes instalados na cantina, pátios e em alguns corredores de acesso —, a adesão do público foi quase imediata. Logo, Wagner — que antes se sentia apagado — em pouco tempo passou a ser conhecido e solicitado. Era comum ouvir um "Olha o Wagner da Maluco Beleza", ou então "Wagner: anuncia isto, por favor".

Apesar do sucesso, a Maluco Beleza durou um único semestre. Quando os alunos voltaram das férias de julho, a rádio tinha *morrido* e o estúdio havia sido desmontado e fechado — sem mais explicações.

— Bel, destruíram nosso estúdio! Cheguei lá e não havia mais nada — nem os equipamentos, nem discos... nada.

— Tô sabendo, amigo. São uns canalhas sebosos, mesmo.

— Porra... Funcionava só nos limites no campus. Mesmo assim, fecharam?!? Quer saber? Fecharam nossa rádio, não a minha boca!

Algum tempo depois, cansada de tanta aula e pouca prática, Isabel teve uma ideia.

— Wagner *Antônio*, temos que botar o papel para rodar.

Começaram a trabalhar nessa alternativa, o *Maluco Beleza News*. Malu, um ano à frente no curso de Comunicação, aderiu ao projeto — tinha grandes ideias, mas estava desiludida com o curso e sem ânimo para se levantar da cama a tempo de pegar as primeiras aulas da manhã. O projeto do jornal, por certo tempo, acabou sendo um estímulo para ela — que questionava se havia feito a escolha certa. Malu, na verdade, estava em vias de perder o ano por faltas.

Usaram uma prensa velha, recuperam linotipos e organizaram uma equipe onde todos escreviam, editavam, montavam e captavam recursos.

O primeiro número do *Maluco Beleza News - A notícia sem censura* saiu na primeira segunda-feira de outubro, com a seguinte matéria de capa: "Exército desce o pau em estudantes. Sete são internados em estado grave".

Já a segunda edição do jornal somente foi autorizada a ser publicada assim: "da PUC, Unicamp foram ████████ ontem em ████. O secretário de segurança ████████ de SP, ████ de um mal-entendido".

A oitava edição: Futebol, o ópio do povo.

No dia seguinte à oitava edição, morreu também o impresso *Maluco Beleza News*. Fizeram o enterro no campus. Não foi preciso cavar muito para que coubessem no túmulo: os oito exemplares do tabloide, pensado para ser "sem censura"; mais uma carta assinada por Wagner, Malu,

Isabel e os outros dois colaboradores: "Aqui jaz o *Maluco* atingido pelas balas da censura. A todos que compartilham nossa indignação, nosso pesar. Ao resto, um pau bem grande enfiado no cu".

Malu e Isabel faziam as malas e grandes planos para as férias — a decepção e o enterro do *Maluco* haviam ficado para trás; talvez a censura pegasse mais leve no ano seguinte, esperançaram ao se despedir de Wagner com demorados abraços na porta da república. Ele não tinha planos, ao menos havia se calado sobre isso: as duas moças estavam acostumadas aos silêncios do amigo.

"Largue tudo, esqueça todo o esforço que fez pra ganhar a bolsa de estudos nessa faculdade de riquinho, que não é pra você, e vem trabalhar na fábrica comigo. Te arrumo um cargo de soldador" — essas eram as palavras que martelavam na cabeça do rapaz, que fazia bico de *garçon* na pizzaria porque muitas vezes apenas o dinheiro que recebia da bolsa não era o suficiente para pagar a cama de beliche na pensão de estudantes. Wagner retornaria de férias para a casa da família sem saber se estaria de volta a Campinas no semestre que viria, tamanha a insistência do pai.

Nunca mencionou nada às amigas sobre sua família, nem o fato de ser filho único de dona de casa e metalúrgico. Tampouco jamais forneceu o endereço da pensão fuleira onde se hospedava em Campinas. Mas contou quando começou a fazer um bico como *garçon* — de quinta a domingo — no Macarronada Italiana, o melhor restaurante de massas da cidade que servia a lasanha preferida de Isabel e de Malu. Wagner não tinha vergonha de seu status, ou da falta dele, porém sabia da enorme distância entre sua realidade e a das amigas. Ser discreto era sua postura perante a vida.

Enquanto caminhava de volta à pensão, avaliava os últimos meses na faculdade, o empenho na criação da rádio e do jornal e a frustração com a censura, as discussões com pai, o dinheiro sempre contado... Apertou o passo porque até seu destino ainda restava um bom trecho. E começava a chover, uma chuva fina.

Teria de arrumar a mala e correr para a rodoviária. Ainda sentia os abraços quentes da despedida à porta da república. Sorriu sem perceber, afinal, fechara todas as matérias.

Em sua casa, a mãe o esperava. Não desistiria assim tão fácil, não mesmo!

Pedro Ernesto cumpria regularmente a promessa feita ao filho e todos os dias passava na casa do pai — às vezes para almoçar, outras no final da tarde, de vez em quando até mais de uma vez no mesmo dia.

O menino pouco sentiu a diferença de quando o pai morava lá.

— Se não fosse por ver a mamãe tão triste — disse Marquinhos ao pai uma vez —, eu tava feliz assim também.

Enquanto isso, Sônia procurava ser cada vez mais indispensável na administração da casa e em atenções ao sogro.

Sr. João também cumpriu sua promessa: desde o dia em que Pedro saiu de casa para ir morar no sítio, nenhum dinheiro saiu de sua conta corrente para o rapaz. Pedro estava duro.

Quando chegou o Natal, o pai — talvez tocado pelo espírito cristão — ofereceu uma pequena ajuda financeira ao filho, pouco mais que um suspiro diante da necessidade de Pedro. Em troca, insistiu para que o rapaz voltasse para casa ao menos para as festas — se não fosse pelo velho João, que fosse pelo pequeno Marquinhos, que ansiava pela presença dele. Pedro, pelo bem da criança e pela chantagem financeira do velho, assim foi convencido.

Por sua vez, Isabel brindou 1980 vestida de branco, jogou flores para Iemanjá e pulou sete ondas. Sem muita convicção, afinal para ela era somente uma mudança de calendário.

Foi por esse tempo que apareceu por Santa Rita, hóspede de um fazendeiro local, um sujeito que atendia por José Rufino "Trabuco" de Mello, Zé dos Anéis, ou apenas Zé Rufino.

Homem de seus cinquenta e poucos anos, físico avantajado, sempre trajava paletó de linho claro e camisas de colarinho aberto mostrando o peito, onde ostentava grossa corrente de ouro com uma menos discreta ainda medalha de São Jorge. Na mão direita, no dedo menor usava um anel de ouro com a figura de uma caveira; no dedo anelar, usava um rubi. Na mão esquerda, uma esmeralda.

Logo no primeiro dia que apareceu no bar do clube, um fim de tarde, sentou-se ao balcão e pediu um uísque puro. Pouco depois, conheceu dr. Amadeu Petrola, que, acostumado a chegar mais cedo e beber sozinho, gostou do novo amigo e — vendo o que ele possuía nos dedos — o convidou para a mesa de carteado. Zé dos Anéis mostrou que apostava alto — mais que todos naquela mesa de seis. O visitante dobrou as apostas, blefou em todas as oportunidades, fracassou retumbantemente mas não reclamou. Tanto que no dia seguinte não se tinha outro assunto no bar do clube: o sujeito de grande espírito esportivo, aquele que perdeu muito dinheiro e saiu rindo da mesa.

Conheceu Pedro Ernesto em um fim de tarde, no mesmo balcão onde tudo havia começado. Se apresentou, ofereceu um charuto e um uísque e, com muita simpatia, convidou Pedro para compor a mesa de jogo. Pedro recusou o convite — não tinha dinheiro para perder e já sabia da fama de Zé Rufino.

Por outras vezes, encontrou Pedro no mesmo lugar. Aproximou-se, perguntou o que o rapaz fazia. Pedro resumiu a resposta em meia dúzia de palavras. Porém, Zé Rufino era um grande contador de causos, um sujeito que dizia não ter morada:

— Minha casa é minha mala. Veje, amigo. Tô por estas parage porque gostei da cidade e tava precisado de deixar umas coisa esfriar. Mas não me ademoro muito, vou-me embora por este Brasilzão.

Por fim, certa noite, Zé Rufino chamou Pedro de lado a fim de ter um particular:

— O negócio é o seguinte: ocê já ouviu falar em Serra Pelada? Eu tô precisando de um amigo, assim como ocê, pra ir praqueles lado comigo. O esquema tá todo pronto. Nós vai de avião pra Marabá, depois pega um barco e segue pelo mato. Já contratei os guia tudo. De Marabá até Serra Pelada são mais ou meno cem quilômetro: parte pelo rio e parte pela trilha no meio da floresta. É quase doze hora de caminhada, só que não tem outro jeito não.

— Zé, você tá querendo garimpar em Serra Pelada?

— Eu vou buscar ouro! E precisa de ser logo, porque daqui a pouco o governo acaba com tudo aquilo lá. Por agora, se ocê chegar e oferecer um pouco mais pelo ouro pros garimpeiros, ocê leva. Preciso de comprar uns cinco milhão pra valer a pena a viage, depois vendo por mais que o dobro!

— E o que eu levo nessa?

— Dez por cem.

— Vinte.

— Quinze.

— Fechado. Só mais uma coisa, rapaz. Sabe atirar?

— Até de trabuco!

Zé Rufino explicou a Pedro que só poderiam ir depois da estação das chuvas, ou seja, depois de abril. Antes disso, não compensaria o deslocamento. Portanto, o rapaz teria ainda bastante tempo para se programar. Foi assim que, logo depois da Páscoa, Pedro disse ao pai que faria uma viagem. Não especificou para onde, com quem, nem por quanto tempo. João até perguntou se seria com "aquela moça", como começara a se referir a Isabel, mas Pedro não contou nada — nem a ela.

Embarcaram em São Paulo para Manaus e, de lá, para Marabá. Após uma sofrida travessia pelo rio e caminhada pela mata, na qual Zé Rufino sentiu bastante o peso da idade e dos quilos a mais, finalmente chegaram ao formigueiro de Serra Pelada.

Ao botar os pés naquele lugar, Pedro notou que era só mais um entre mais de cinco mil homens repentinamente vindos de todas as partes do Brasil — principalmente do Nordeste — em busca do sonho de enriquecer no garimpo, que tinha se iniciado fazia pouco tempo, "desde que um agricultor havia descoberto uma pepita de 13 quilos de ouro em suas terras".

Da esquina podia-se escutar "Breakfast in America"[5], do Supertramp. Wagner esperava na frente da república dos meninos da engenharia — amigos de uns amigos de Malu que os haviam convidado para a festa.

— Só tem maluco aqui, gente — profetizou o rapaz enquanto beijava as duas amigas. — Acho que vai ser roubada!

— Lá vem o caretão! Fica frio.

Isabel anunciou que ia buscar bebida e dar uma conferida. Malu, sem demora, foi atrás. Cético, Wagner preferiu aguardar o diagnóstico do lado de fora.

A falta de claridade e o som muito alto dificultavam reconhecer qualquer pessoa dentro da casa — por fisionomia ou por voz —, mesmo na cozinha onde era vendida a bebida.

Isabel percorreu o corredor que levava para os fundos do lugar. Muitos casais se pegavam encostados nas paredes e outros tantos pelo chão — ela necessitou pular por cima dos que estavam no chão para alcançar o banheiro. Segurou seu lugar na fila — onde muitas pessoas aguardavam — e, enquanto esperava, viu muitos estudantes entrarem e saírem do quarto do meio: entravam, não ficavam mais que cinco minutos e saíam olhando para baixo.

— Bel, eu estava te procurando — Malu, por fim, a encontrou na fila. — Vamos lá pra fora.

— Malu, tem um povo injetando ali no quarto! — cochichou.

— Cheirar pó, fazer uma suruba, tudo bem! Mas tomar nos canos é um pouco demais, né?

---

5 DAVIES, Rick; HODGSON, Roger. "Breakfast in America", 1978.

— É, tá pesado! Vamos achar o Wagner e ir embora.

Elas atravessavam de volta para a cozinha quando Malu sentiu alguém puxá-la pelo braço. Virou-se e reconheceu um rapaz do curso de medicina:

— Loira, tá indo? — perguntou, tentando abraçá-la. — Vamos lá dentro.

Malu tentava se desvencilhar com os dedos. Isabel avistou Wagner — ainda do lado de fora, sozinho — e começou a caminhar em direção a ele. Malu se apressou em se livrar do rapaz e seguir a amiga, porém ele era insistente e se agarrava ao braço dela.

— Escuta aqui, ô cara! Não tá vendo que ela não quer nada com você? Se toca e dá o fora! — gritou Isabel enquanto Malu o empurrava. Ambas tinham o andar apressado, queriam sair dali.

— Qual é, hein? Vive grudada nesse veadinho e agora vem dar uma de macho? — retrucou o estudante de medicina ao finalmente soltar Malu.

— Ah, escroto, bêbado, babaca. Vai ver só quem é macho! — Isabel bateu nele com a bolsa.

— Eu já saquei tudo. É um trio: duas sapatão e um veado! — o sujeito avacalhou, ao passo que Malu e Wagner puxavam Isabel para ir embora.

Imediatamente, o sangue de Wagner ferveu. Ele soltou a amiga e acertou um soco na cara do indivíduo, que caiu para trás com o nariz sangrando. Assustado, o estudante de medicina tentou se levantar, mas Malu e Isabel o empurraram novamente.

— Esse cara quebrou o meu nariz! — gritava o sujeito, com o nariz sangrando. — Veado! Filho da puta!

Com a gritaria, outros rapazes surgiram. Wagner, Isabel e Malu tentaram correr. Um dos estudantes acertou um chute nas costas de Wagner e mais dois partiram para cima. Malu pegou uma garrafa e deu na cabeça de um dos sujeitos, que gritou de dor. Isabel recebeu um chute logo abaixo dos seios e revidou a puxar e arrancar os cabelos de alguém. Mais pessoas chegaram, estes com o intuito de apartar a briga.

Ao escutar a sirene da polícia, os três amigos escaparam da muvuca e saíram correndo até o Teatro de Arena, onde se esconderam por quase uma hora.

— Acho que vou ter que ir ao hospital, gente. Está doendo muito quando respiro — Isabel reclamou.

— Melhor a gente ir para Porto Ferreira amanhã, Bel — Malu sugeriu.

— É verdade. E vocês, como estão?

— Estamos bem — responderam juntos.

Malu e Isabel mal conseguiram dormir, tão doloridos estavam seus corpos e pesadas suas cabeças. Às onze da manhã, pediam carona no trevo de saída de Campinas a levantar uma plaquinha de papelão escrita "Porto Ferreira", com caneta piloto.

Seguiam suas próprias regras para pegar carona: 1) jamais entrar em caminhão; 2) carro ocupado por mais de um homem — *nunca*; 3) motorista mulher: liberado; 4) sempre levar mochilas no colo e uma pedra em cada bolsa.

— Vem vindo um fusca verde, Malu! Vai parar.

O fusca parou logo à frente e as duas correram. O motorista abriu a porta do lado do passageiro. Isabel observou, ainda sem entrar: era um homem de meia-idade, cara de vendedor de enciclopédia; no painel, logo acima do rádio, havia uma imagem de Nossa Senhora Aparecida; no retrovisor, um terço pendurado. Bons sinais: Isabel e Malu trocaram olhares; a segunda entrou atrás.

— São da onde, moças? — perguntou o motorista, já dando partida.

— De Porto Ferreira mesmo. Estudamos em Campinas.

— Ah... São estudantes.

— Sim, senhor.

O homem guiava e puxava conversa. Falou sobre o descaso com a pista, sobre a carestia, sobre o regime. Isabel e Malu davam trela. Contaram que estavam acostumadas a pegar carona, que todos os estudantes faziam isso para economizar.

Em certo momento, Isabel discretamente fez um sinal para Malu.

— Ai, moço. Eu não estou me sentido bem, acho que vou vomitar!

— Moço, para nesse posto, por favor! — pediu Isabel, ao ver placas que anunciavam um posto de gasolina logo à frente.

— Ela vai vomitar, mesmo? — o homem tendia a acreditar.

— Vai, sim! Ela tá grávida — mentiu Isabel.

O motorista entrou no posto e, ao parar o carro, disse:

— Eu posso esperar. Não tô com pressa.

— Precisa não, moço. Vai demorar — Malu descia do veículo.

Enquanto o carro se afastava, a moça logo indagou:

— Que foi?

— Você não viu? Cada vez que ele mudava a marcha, roçava a mão na minha perna. O pinto dele estava duro! — queixou-se Isabel.

— Que horror! Ainda bem que dançou, tarado! — a amiga caiu no riso.

— Para, Malu! Não posso rir! Ai, tá doendo.

— Vamos voltar pra pista.

Não demorou muito para parar outro carro. Assim que o motorista abriu a porta, Isabel notou que o homem, já de certa idade, usava batina: um alívio. Malu desta vez foi na frente, conversando. Disse que era muito devota, que sabia o “Creio em Deus Pai” de cor e que guardava o Novo Testamento, doado pela PUC, ao lado da cama. Nesse momento, Isabel teve um mal disfarçado acesso de riso, em parte por ser verdade, em parte porque se lembrou de que — em momentos de falta de matéria-prima — as folhas de seda tinham outra utilidade.

Irmão Lazinho não era padre, e sim frei. Sua Ordem mantinha um centro de recuperação para jovens dependentes químicos e de álcool em uma fazenda bem próximo de Campinas. O frei contou que, ao ver as duas moças na estrada, em local bem próximo a uma estrada secundária de acesso à fazenda, pensou se tratar de alguns de seus internos.

Depois de trocarem endereços, o bondoso frei as deixou no Centro de Porto Ferreira com a promessa de uma visita à república e muitas bênçãos de Deus.

— Ô, Zé. Acho que você não está bem, cara! Você deve estar com febre. Faz uma semana que nós estamos acampados neste inferno. Você deve ter pegado malária.

Zé Rufino sempre pensava que poderia conseguir ouro por preço melhor e, por isso, ainda faltava muito para comprar com seus tais cinco milhões cruzeiros. Pedro estava preocupado pois, com as condições precárias do local e o clima chuvoso, o moço não sabia *se* nem *como* sairiam de lá.

— Só mais dois dias, rapaz. Já finalizo isto.

— Você está doente e, além de tudo, é gordo! Não vai conseguir atravessar a mata do jeito que está. Fora que — com todo este ouro — vamos ter que sair daqui de avião.

— Tô vendo um esquema pra nós sair daqui na boa.

— Se bem que... Se quiser ficar, fica. Eu já tô garimpando.

Pedro não se sentia seguro: "Zé Rufino está enrolando! O combinado foi comprar o ouro e voltar em três ou quatro dias. O cara tá aprontando alguma!"

Zé dos Anéis passava o dia em sua barraca, dizia ele que negociando preços — recebia um garimpeiro após o outro. Pedro não participava das negociações e ficar plantado do lado de fora o tempo todo não era para ele. Apesar de ser mais um pendurado nas encostas do barranco não parecer ideal, nem a tarefa fácil, decidiu tentar a sorte. Sim, já estava garimpando.

No grupo que havia atravessado a mata para chegar a Serra Pelada estava Tião de Oxóssi, garimpeiro experiente que retornava ao local depois de uma curta ausência. Gabava-se de ter encontrado mais ouro que qualquer outro por aquelas bandas. Sujeito boa-praça, não se importou em ensinar a Pedro todos os macetes para um trabalho mais eficiente. O rapaz adquiria experiência, ainda que muito lentamente para a velocidade daqueles aventureiros. Tião parecia mais uma máquina de garimpar ouro: enquanto garimpava 100 gramas, Pedro achava somente o pó. Mesmo assim, lá estava o rapaz — de bateia ou machadinha na mão — a se pendurar no barranco e se enfiar na lama. Começava antes do amanhecer e não tinha hora para parar.

Não demorou para se espalhar pelo garimpo a notícia de que o Governo Federal estava prestes a colocar ordem na casa, até então regida pela lei dos garimpeiros: a única proibição era a entrada de mulher e de cachaça em Serra Pelada. Porém, como previsto por Zé dos Anéis, isso iria mudar em breve.

O garimpo em Serra Pelada havia começado de forma espontânea e desordenada. Inicialmente, os garimpeiros ingressavam nas terras por sua própria conta e risco, sem uma concessão formal de exploração. Com o tempo, a área se tornou alvo de ações judiciais e disputas legais entre diferentes grupos de garimpeiros, empresas e autoridades.

— Zé, você tá sabendo do que tão falando no garimpo?[6] Vamos embora — alertou Pedro, preocupado sobretudo com a quantidade de ouro que Zé Rufino pretendia levar e com a saúde do homem.

---

[6] A intervenção federal, ocorrida em julho de 1980, objetivou regularizar a situação na região e estabelecer um marco legal para a atividade de garimpo. Com isso, o governo estabeleceu concessões e exigências para a exploração mineral em Serra Pelada — além de aumentar a presença do Estado através da instalação de diversos órgãos no local: Polícia Federal, Caixa Econômica Federal, Correios. O fundamento de todo o conceito era que a venda do ouro apenas seria permitida à Caixa Econômica, de forma que o governo pudesse controlar seu preço.

— Tô vendo um esquema pra nóis embarcar daqui a três dia, no avião que vem trazendo os médico e o remédio pro posto do garimpo. Esteje aqui no barraco na terça-feira cedo, com tudo preparado pra viage, que a gente aguarda o avião chegar e embarca para voltar.

Quando Zé Rufino combinou o dia da partida com Pedro, estava tudo certo para que ele fosse sozinho. Mentiu quando disse que o avião viria na terça com os medicamentos, pois a aeronave viria um dia antes — na segunda-feira. E dessa forma fez Zé dos Anéis: quando o avião pousou na segunda, ele se encontrava preparado para voltar para Marabá sem o rapaz — levando consigo mais de dez quilos de metal precioso.

Poucas horas depois que a aeronave levantou voo, espalhou-se pelo garimpo a notícia ouvida pelo rádio: "Pequeno avião que decolou hoje às 3 h da tarde, da pista de Serra Pelada em direção a Marabá, com cinco pessoas a bordo, some dos radares enquanto sobrevoava a selva amazônica. Técnicos da aeronáutica trabalham com a possibilidade de que, devido às fortes chuvas que atingiram a região esta tarde, o avião possa ter perdido altura e caído na floresta. Alguns habitantes ribeirinhos afirmam ter avistado uma fumaça escura vinda da mata fechada".

Imediatamente ao ouvir a notícia, Pedro correu para falar com Zé Rufino. Quis crer na possibilidade de ter sido uma outra aeronave. Não queria acreditar que o homem estivesse no avião, tampouco que houvesse sido traído daquela forma, mesmo que intuitivamente as intenções de Zé dos Anéis de lhe passar a perna no acerto de contas já fossem inegáveis. Até havia andado de olho nas negociações do sujeito com os garimpeiros, assuntando para saber por quanto lhe entregavam o ouro.

Chegou ao barraco e encontrou tudo vazio: não restavam roupas, nem comida, nada.

Apenas o que restou a fazer foi voltar para casa. Na quarta-feira seguinte de madrugada, se despediu de alguns camaradas e de Tião de Oxóssi:

— Levei uma rasteira, Tião. Mas, se eu não acreditava em Deus, agora acredito!

— Pois vá com Ele, amigo. E que Oxóssi lhe acompanhe por essa mata.

Pedro partiu com um grupo de garimpeiros que voltava para casa. Alguns poucos levavam muito dinheiro; a maioria apenas levava a frustração de ter garimpado quase nada e de ter contraído malária.

Em Marabá, sentiu um prazer nunca experimentado em tomar um banho de chuveiro. Deixou a água limpa escorrer abundante pelo corpo enquanto se esfregava com o sabonete vagabundo do hotel. Fez a barba com cuidado, a mirar demoradamente no espelho as muitas marcas de picadas e arranhões. Seus olhos estavam vermelhos e irritados. Achou sua pele mais escura — não bronzeada; manchada de um tom terroso. Passou a mão pelos cabelos — estavam arrepiados e ásperos.

Saiu e comprou na feira uma camisa e jeans novos — nada de qualidade; simplesmente limpos. Na volta, comeu um "prato feito" no bar próximo ao hotel: o arroz com feijão, ovo frito, bife pequeno, duas rodelas de tomate e alface lhe pareceram os melhores da vida.

O dinheiro da venda do ouro que garimpou ainda rendeu sua passagem aérea para São Paulo e mais uma para o Recife, que deu a um companheiro de viagem em situação pior que a sua. Sobrou apenas o suficiente para o retorno de ônibus a Santa Rita.

CAPÍTULO 5

Isabel colocou o telefone no gancho e suspirou. Era a terceira vez naquele sábado que ligava para o sítio: chamava, chamava, chamava... Tinha sido assim no sábado anterior, e no sábado antes daquele e no sábado que havia precedido aquele mais antigo.

Na sexta, tinha vindo de Campinas mais cedo para Porto Ferreira e telefonado para a casa do pai de Pedro em Santa Rita, dizendo que era do banco:

— Viajou? A senhora pode informar quando volta? Ah... Não sabe.

Dias depois, Miro apareceu com novidades:

— Tá sabendo que o Pedro Ernesto foi pra Serra Pelada?

— Não acredito!

— Foi com um tal de Zé Rufino, que apareceu na casa de um fazendeiro lá em Santa Rita, mas avisou que tá voltando.

— Como ele foi pra Serra Pelada? Nem pra falar nada pra ninguém?

— Foi. Faz um mês, mais ou menos.

— O que deu na cabeça dele?!

— Vai saber...

Pouco mais de uma hora depois de o avião ter levantado voo para São Paulo, Pedro começou a sentir calafrios pelo corpo e uma sensação estranha de cabeça pesada. "Deve ser o ar-condicionado ou efeito do voo de Marabá", pensou e se acalmou. À sua memória vieram os flashes dos minutos em que achou que fosse morrer dentro do pequeno avião de Marabá para Manaus: o aviso do piloto, os gritos, as máscaras caindo de cima, uma mulher desesperada com seu filho chorando. Lembrou-se de ter se encolhido — com os braços a proteger a cabeça — e de que seus únicos pensamentos tinham sido o filho e Isabel.

Algumas horas mais tarde, os calafrios voltaram. Sentia-se enjoado, a cabeça começava a doer — doer muito. Pediu água para a comissária; vomitou no banheiro minutos depois. Recusou ajuda, só queria chegar.

O trajeto até a rodoviária parecia interminável.

Os remédios para dor de cabeça não adiantavam, nem se lembrava mais de ter entrado no ônibus para Santa Rita. Alguém o chacoalhou e perguntou se estava bem. Não sabia.

Acordou em um quarto de hospital. Seu pai estava ao lado.

— Encontraram você desacordado quando o ônibus parou aqui na cidade. Chamaram a ambulância e me avisaram. Faz dois dias que você está aqui.

— Lembro que estava com muita dor de cabeça...

— Você está com malária.

— Estou bem agora. Vão me dar alta?

— A doutora vai explicar tudo. Ela está vindo aqui ver você.

Em instantes, veio a profissional:

— Pedro Ernesto, devido aos sintomas que você apresentou (febre alta, tremores, calafrios, dor de cabeça que vai e volta), descobrimos que você contraiu um tipo grave de malária. Também podem ocorrer: prostração, alteração de consciência, dispneia, hemorragias, convulsões, choque, edema pulmonar e icterícia — dra. Iolanda aferia a temperatura do rapaz.

— Já pode encomendar o caixão, pai.

— Se não tomar cuidado agora, existe risco de morte. Por enquanto, você não está com febre, mas ela vai voltar, junto com a dor de cabeça, náuseas e talvez delírios. Se descuidar, o quadro evolui para aqueles outros sintomas.

— Então não vou ter alta?

— Você está muito debilitado e anêmico. Mesmo no início dos sintomas, sua recuperação vai ser lenta e o tratamento vai ser longo para evitarmos a reincidência. Pode ser feito em casa, sim, desde que fique em repouso absoluto, use certinho os medicamentos que vou prescrever, tenha alguém para te auxiliar, tenha alimentação adequada e retorne para o acompanhamento médico.

— Eu faço o tratamento certinho, doutora.

— Lá tem empregada. Ela cuida dele — complementou João.

— Sendo assim, não vejo motivo para não te mandar para casa.

Desse jeito, Pedro — que tinha saído do sítio para tirar o pé da lama e se enfiou em mais lama em Serra Pelada — voltou para a casa do pai. Era uma necessidade, algo transitório. Repousaria, tomaria os remédios; deixou claro que não precisaria de ninguém para o ajudar e que não demoraria a retornar para o sítio.

Em seu antigo quarto, alternava entre a normalidade e períodos de febre muito alta e suor intenso. Tinha sempre por perto o pequeno Marquinhos.

— Papai, fica bom logo. Fico com medo quando você faz assim.

— Assim como? O papai só está com febre, vai passar.

— Não, papai. Você fica falando coisas que eu não entendo!

— Não é nada, filho. Agora vai lá brincar.

— Vou chamar a mamãe, então.

— Não precisa. Papai quer dormir mais um pouco.

Sônia olhava para sua imagem refletida no espelho do banheiro. Colocou todo o cabelo para o alto e o prendeu em um rabo de cavalo com elástico, como havia visto na TV. Balançou a cabeça para observar o movimento e logo depois desfez o penteado.

— Marinalva! — chamou a empregada. — Traz aquela revista *contigo* com a foto das Panteras.

Marinalva a observava.

— Anda logo! — ordenou.

— A senhora tá se arrumando só porque o seu Pedro está aqui. Né mesmo, dona Sônia? — saiu sem dar tempo de a patroa responder.

Por alguns minutos, Sônia admirou a foto da loira mais famosa do seriado de TV ao lado de seu rosto no espelho. Passou o batom cor de boca igual ao da atriz, sorriu e se virou para a direita e para a esquerda. Saiu dizendo que ia ao salão.

A dona do estabelecimento, que já tinha ouvido da boca de clientes que trabalhavam no hospital que Pedro estava com malária, abriu um sorriso assim que Sônia entrou. Indagou sobre a saúde dele. Sônia mentiu que o marido contraíra somente uma forte gripe e tratou de mudar rapidamente de assunto, mostrando a foto da revista para a cabeleireira. Especificou que queria o corte repicado na altura dos ombros, com franjas, e com grandes ondas abrindo para fora, vagamente lembrando asas abertas. Teria que ficar idêntico ao da atriz.

— Não se preocupe, querida. Vai ficar lindo em você!

— Mas é grave o que o seu marido tem? —insistiu uma senhora sentada no fundo da sala.

— Nada, é só uma gripe mesmo! Sabe como é homem: não me deixa sair de perto dele. Mesmo quando estou ocupada, fica me chamando. Fala que está com saudades.

De cabelo tingido, cortado, bem escovado; de fato igualzinho ao da revista, Sônia saiu feliz do salão direto para a *boutique*. Precisava urgentemente de um vestido novo e pensou naquele que tinha visto Tônia Carrero usar na novela *Água Viva*. Lindo!

— Carminha, preciso de um vestido como aquele da Stella da novela.

— Vou te mostrar: acabou de chegar. É pra alguma ocasião especial?

— Quero fazer uma surpresa pro meu marido.

— Fiquei sabendo que o Pedro Ernesto tá doente. Ele voltou para casa? É grave?

— Ah, não é nada grave. Ele estava cansado de ficar sozinho no sítio, só trabalhando. Decidiu ficar mais perto de mim e do filho.

Sônia experimentou o vestido dourado inspirado na personagem da novela, que não passou pelo quadril. Por insistência da vendedora, provou vários vestidos coloridos. Por fim, acabou optando por um preto — achou que emagreceu — sem mangas e com um bom decote em v. Por sugestão da dona de *boutique,* levou também um par de saltos plataforma e um perfume importado. No mesmo dia começou a dieta do abacaxi, ideia também de Carminha.

Assim que Sônia saiu, a dona da *boutique* — boa vendedora que era — tratou logo de telefonar para oferecer o vestido dourado para outra cliente: uma amiga de Porto Ferreira que conhecia desde criança, quando esta passava férias na casa de uma tia — sua vizinha — em Santa Rita. Isabel seria a pessoa perfeita para aquela peça, concluiu Carminha.

Mais tarde, perfumada, de cabelo esvoaçante, sapatos e vestido novos, Sônia foi até o quarto de Pedro. Antes de entrar, ajeitou mais uma vez os cabelos. O rapaz — que pouco prestava atenção à TV, constantemente ligada —, ao perceber que ela entrava, fingiu interesse. A mulher se aproximou devagar e suavemente colocou a mão sobre sua testa. Perguntou como se sentia.

— Sônia, obrigado por tudo que você está fazendo. Eu tô melhor e posso tomar meus remédios sozinho.

— Eu só tô pensando no Marquinhos, que não sai de perto de você de tanta preocupação.

— Já expliquei pra ele que estou melhor e que logo vou voltar pro sítio. Não quero que crie falsas expectativas.

Sônia saiu e minutos depois o telefone tocou. Marinalva deu duas batidinhas na porta e anunciou que alguém do banco gostaria de falar com o rapaz.

— Alô?

— Pedro?

— Isabel!

Ralf, o mestiço dobermann, veio recebê-la abanando o rabo assim que escutou o barulho do fusca. A porta estava aberta e Pedro fumava, sentado na poltrona da sala com uma xícara de café ao lado. Ao vê-la, sentiu um aperto no estômago, sorriu e se levantou para beijá-la.

— Não entendo por que você sumiu esse tempo todo! — Isabel sem demora soltou o que parecia engasgado. Sentou-se na ponta do sofá e acendeu um cigarro. — Ouvi dizer que tinha voltado pra sua mulher e que estavam muito felizes.

— Claro que não! Eu estava de cama.

Um silêncio pairou no ar.

— Além disso, eu estava cabreiro.

— Comigo?

— Você não é nenhuma santa.

— O Miro já foi dar com a língua! Tudo bem, Pedro: eu vou pra festas, sim! Também vou pra teatro, cinema, um monte de lugar. Mas vou sempre sozinha, com a Malu ou com o Wagner.

— Isabel, você acha que precisa pegar carona na pista? — aquilo o indignava. — Fora os caras que estão sempre te rondando!

— Me assume de vez, então. Eu pouco me importo com papel, só quero ficar com você na boa.

— É isso que estou tentando fazer. Só que agora não dá.

— É por causa de dinheiro, não é? —perguntou e se arrependeu. Rapidamente, emendou indo até ele: — Ah, deixa pra lá. Não quero brigar. Estou com tanta saudade! Sentou-se em seu colo e começou a beijá-lo: — Será que um homem maleitoso, assim no seu estado, pode transar?

— Ah, estou bom. Já sarei!

Pedro contou em detalhes como foram seus dias no garimpo e sobre a trapaça de Zé Rufino. Explicou que tinha aceitado a proposta porque se tratava de uma boa oportunidade financeira e porque precisava dar um tempo de toda aquela sua situação.

— E quando você estava lá, pensou em mim?

— Só pensei em você e no meu filho.

— Mas, na verdade, você também queria dar um tempo de mim, né?

— É.

Isabel virou a cabeça para que ele não visse as lágrimas escorrendo.

Pedro percebeu e a puxou para mais perto, beijando sua face molhada. Tinha respondido apenas meia verdade: queria dar um tempo, sim, como havia feito em outras tentativas de se afastar. Seria tão mais fácil, mais simples, tudo se resolveria — voltaria a ser como antes: o conforto que o pai lhe proporcionava bastaria, não precisaria provar nada para ninguém, nem para si próprio.

As lágrimas de Isabel o comoviam. Ela sabia o que havia ficado por ser dito.

— Eu te amo tanto que nem sei.

— Também te amo, Isabel.

Novas notícias de Zé Rufino vieram três dias mais tarde, pela TV: "Encontrados os destroços do avião desaparecido na selva amazônica. A aeronave que desapareceu dos radares assim que decolou da pista em Serra Pelada, no dia 21 de maio, foi encontrada nesta manhã pela equipe de buscas do Exército Brasileiro. Os corpos dos quatro passageiros e do piloto — já em adiantado estado de decomposição — estavam nas proximidades do que restou do avião e foram encaminhados para o Instituto Médico Legal de Manaus. Três corpos já foram identificados — entre eles, o corpo do contrabandista procurado pela justiça José Rufino 'Trabuco' de Mello. Foi encontrada também uma grande quantidade de ouro entre os destroços".

Sr. João, que assistia ao noticiário do lado de Pedro, foi o primeiro a comentar:

— Contrabandista, safado! Sujeito liso, sempre desconfiei. Agora que você tá encrencado!

— Eu não sabia de nada, pai.

— Quero ver explicar isso *prà* polícia quando ela baixar aqui.

Dias depois, Pedro foi intimado a depor. Fez isso duas vezes e sustentou até o fim em seus testemunhos que havia ido para garimpar e que Zé dos Anéis havia ido para comprar ouro — que não tinha envolvimento com as atividades do sujeito. Na sequência, soube pelos jornais que a polícia havia indiciado por receptação e contrabando dois ricos proprietários de terras da região — porque um deles possuía o nome da família gravado dentro de um anel de Zé Rufino.

— Situação propícia para uma comemoração! — disse Isabel para Pedro ao telefone, quando soube do desfecho do caso. — Combinado — e pediu ao namorado que usasse uma certa camisa azul-marinho.

O rapaz estranhou o pedido da moça — nunca tinha sido tão específica quanto a essas questões. Ainda assim, vestiu a camisa, arregaçando um pouco as mangas: fazia calor.

Semanas antes, Isabel tinha ido a Santa Rita experimentar um tal vestido dourado que, segundo a dona da boutique, era a cara dela. Carminha tinha razão: a peça ouro, de tecido fluido e encorpado, de corte que provocava ondulações ao caminhar, com cavas americanas arrematadas no pescoço por um adereço metálico, de comprimento um pouco acima dos joelhos, parecia haver sido feita para ela.

Sobre o fato de Sônia ter experimentado o mesmo vestido, Carminha guardou segredo — não arriscaria perder clientes. Isabel adorou a peça e a comprou, certa de que encontraria uma boa oportunidade para usar.

A ocasião surgiu e a moça arquitetava um plano. Para isso, precisava mais que tudo convencer a mãe a deixar usar o carro de Álvaro, que se encontrava viajando. O pai nunca se opôs à filha vez ou outra usar o carro. Magda discordava. Não gostava, um absurdo. Sem explicações, apenas um absurdo! Naquela noite os deuses pareciam conspirar a favor da moça — Magda se sentiu cansada, reclamou de dor de cabeça e se deitou.

Foi o tempo para Isabel colocar o vestido, prender os cabelos no alto da cabeça deixando vários cachos soltos, completar com sandálias pretas de salto alto e espreitar à porta do quarto da mãe: silêncio, provavelmente dormia. Faltava pegar a bolsa pequena e algo fundamental: sua yashica, não sem antes verificar o flash e o filme de 36 poses que tinha sempre à disposição.

Deu partida no fusca e o deixou funcionando enquanto retirava o carro do pai da garagem. Explicaria tudo para a mãe no dia seguinte, caso fosse necessário.

Pedro aguardava no lugar combinado quando o dodge, um lindo dodge azul prateado, hidramático, novo, estacionou um pouco adiante e Isabel saltou com seu vestido dourado para caminhar na direção dele. O rapaz desceu de seu carro, atirou o cigarro aceso na sarjeta e cruzou os braços sobre o peito — não sabia explicar o que sentia, se estava gostando ou não.

Ela estava linda! O vestido balançava enquanto, provocativa, se aproximava... Todos olhavam — ela sorria feliz apenas para ele, ninguém mais parecia existir! Pedro Ernesto rendeu-se.

Cuidadosamente, selecionou as melhores fotografias das 23 que ficaram boas daquela noite memorável que passou com o namorado.

Escolheu 12 entre as que ela e Pedro apareciam mais bonitos e alegres — fizera bem em pedir a Pedro para usar a camisa marinho; realmente a cor contrastou com o dourado de seu vestido.

Dias depois, Marinalva recebia um pequeno pacote de uma tal "Car-Bel Concessionária de Veículos" que chegou pelos correios, endereçado a Pedro. A mulher entregou o embrulho para a patroa. Curiosa, Sônia analisou o volume com selo da agência de Porto Ferreira — chamou-lhe a atenção a caligrafia feminina mas, mais do que isso, intrigava o aroma, o perfume que emanava do pacote. Perguntou a Marinalva se ela também sentia. Esta, depois de cheirar e cheirar novamente, respondeu que não.

Ainda que encafifada, Sônia colocou o volume junto com as demais correspondências e procurou pensar em outra coisa. Pouco depois, voltou e levou o pacote para o quarto. Marinalva fritava batatinhas para o almoço e João lia tranquilamente o jornal quando o grito ecoou pela casa:

— Desgraçada! Desgraçadaaaa!

João estremeceu. Marinalva tirou a panela de óleo quente do fogo porque já previa o que estava por vir.

— Desgraçada! Desgraçada!

Sônia continuou no quarto, gritando e xingando. João bem que bateu à porta e tentou obter uma explicação para além da que já tinha recebido da empregada — que somente contou que o misterioso embrulho era destinado para Pedro. Nem para Marquinhos Sônia abriu a porta.

A mulher teve ímpetos de rasgar, picar, engolir uma a uma todas aquelas fotografias — não o fez. Guardaria para mais tarde: precisava esfregar na cara de Pedro toda aquela desfaçatez, aquela pouca vergonha. Não comeria o chocolate, jamais! Talvez um só, ou dois, três no máximo — e somente porque Pedro não saberia quantos havia na caixa. O resto, esmagaria com os pés na frente dele.

Com o passar das horas, Sônia foi se aquietando. Ao final da tarde, quando Pedro finalmente chegou à casa do pai, atendendo ao seu chamado, a porta do quarto se abriu e uma Sônia de olhos vermelhos, descabelada, descalça e derrotada apareceu diante de todos com a bendita caixa em mãos. Ela não sabia o que dizer; o ódio havia consumido todas as suas forças. Não se sentia mais capaz de nada, nem de responder ao que — na certa — perguntariam.

Quando cuidadosamente abrira a caixa, não tinha intenção de rasgar o pacote — pretendia colar novamente a embalagem sem que Pedro percebesse. Porém, não pôde se controlar mediante o conteúdo: 12 fotografias, um bilhete e 6 bombons sonho de valsa.

Isabel havia fotografado tudo, tinha feito um registro colorido e alegre da noite com Pedro Ernesto e suas amigas, em Porto Ferreira: Pedro dirigindo o carro com ela ao lado e as amigas atrás; Pedro beijando-a no clube; Pedro e ela abraçados; ela posando com o vestido dourado da novela e Pedro Ernesto a sorrir feliz ao lado dela!

— O que é isso, Sônia? — perguntou Pedro, demonstrando impaciência.

— Coisas que chegaram para você. Fotografias suas na putaria e uns chocolates que eu não entendi — respondeu.

— Se é meu, por que você abriu?

Sônia, cuja fúria se reavivava, atirou — a esbravejar — a caixa no chão: as fotografias e os bombons se espalharam pelo tapete e sofá da sala. Pedro e João se abaixaram para catar. Aproveitando-se do momento, Sônia leu com sua voz estridente o bilhete que segurava na mão:

"Querido, juntos vamos fazer uma coleção de dias felizes.
Lembra que eu te amo.
Para sempre,
Isabel
P.S.: os bombons são cortesia."

Estupefato, João pediu uma explicação para Pedro — que disse que não tinha nada a explicar, pois não devia satisfação a ninguém. O pai não aceitou o argumento e replicou:

— Você não tem vergonha na cara. Se mete com vagabundas, não respeita a sua família e agora deu para trambiques!

Pedro não entendeu a insinuação e inquiriu. João se referia ao carro, o dodge que aparecia nas fotografias — um carro novo como aquele custaria uma fortuna, não seria viável nem para os negócios de revenda como o do filho.

Pedro sorriu, sarcástico, e foi direto ao ponto:

— Ah, então é isso que tá pegando? O carro é do pai da Isabel. Esta moça aqui — e apontou Isabel na foto para João. — Como vê, ela não é do tipo que precisa do seu dinheiro como essa daí — dirigiu o olhar para Sônia. — Ela, a Isabel, já tem dinheiro o bastante!

Sônia, raivosa, se jogou sobre Pedro e gritou impropérios. Como havia desejado, arrancou as fotografias de suas mãos, picou em pedaços e atirou sobre ele.

— Só uma coisa, Sônia — o rapaz aparentava calma, o que irritou a mulher mais ainda. — Os bombons eram pra você.

Pedro Ernesto atirou os bombons que tinha recolhido de volta para ela, deu as costas e saiu pela porta da rua. Deixou João e a empregada, inutilmente, tentando acalmar a mulher.

"Aberta seleção para vagas de estágio na TV regional para alunos do último ano de Comunicação."

— Por que não?

— O anúncio está claro: é só para os alunos do último ano. Esqueceu que a gente ainda está no terceiro? — Wagner contestou, ironicamente.

— Não! Mas vamos falar com a professora que coordena a seleção. Acho que a gente tem chance, sim.

A TV regional, braço retransmissor de uma grande emissora, engatinhava. Seria uma nova experiência no ramo de telecomunicações. Voltada para o público do interior de São Paulo, produziria dois telejornais por dia com notícias da região. Para os estudantes do curso de jornalismo, representava uma ótima oportunidade de inclusão no mercado de trabalho.

A ideia de falar com a professora deu certo: ela levou em conta a experiência dos dois alunos com o jornal e a rádio e os encaminhou para a entrevista.

No estúdio, Isabel se sentou pela primeira vez atrás de uma bancada. Tinha cortado os cabelos especialmente para a ocasião. "Nunca vi repórter de TV com esse cabelão de Gal Costa", pontuou a moça, antes de passar a tesoura um pouco acima dos ombros.

— Ai, meu Deus. Por que estão me colocando logo aqui na bancada, Wagner?

— Não sei, Isabel. Porque acho que foram com a sua cara. Vou fazer teste na redação.

— Na verdade, eu preferia a redação também...

Edson Torquato se apresentou como um dos diretores responsáveis pela implantação da emissora e que conduziria os testes naquele dia. De frente para um monitor de TV — onde se podia ler o texto e com microfones presos à roupa —, Isabel leu vários textos. Depois, em pé, realizou outros testes.

Edson informou que procuravam alguém do sexo feminino para apresentar o quadro de previsão do tempo e que o perfil da moça se encaixava no padrão da emissora — ela tinha "boa aparência", dicção apropriada e ótima relação com a câmera. A pouca idade poderia atrapalhar um pouco.

— Enfim, você... Posso lhe chamar por você?

Edson assentiu.

— Você achou que tenho cara de criança?

Edson riu, concordou e gentilmente convidou Isabel para um café na cantina ali dentro mesmo. O jornalista era jovem — trinta e poucos anos — e havia gostado dela. Manteve o profissionalismo: explicou muitas coisas sobre o funcionamento da nova emissora e deixou uma brecha para que a moça voltasse para outros testes e para uma vaga de estágio na redação.

Mais tarde, Isabel comentou:

— Fiquei besta, Wagner. Por pouco não sou a moça do tempo!

— Perdeu a chance de começar sua grande carreira de famosa correspondente internacional — Wagner riu.

— Ah, não ri, não! Eu vou voltar, você vai ver. Fiquei amiga do diretor.

— Não é só você que ficou amiga do diretor. Ele também foi com a minha cara. Até trocamos uma ideia... enquanto você demorava na sala de TV — Wagner gaguejou um pouco.

Em seguida, o rapaz contou sobre seus testes para Isabel. Estava animado e já contava como certa a vaga de estágio na redação.

Era sábado. Pedro, Isabel, Clara e Miro — depois de uma noite animada em São Paulo, onde foram passar um fim de semana — saíam do hotel para almoçar na churrascaria preferida de Pedro.

A situação financeira do rapaz havia piorado depois da cena de Sônia diante da provocação de Isabel. Pedro nada falou para a namorada. Procurava manter as aparências, entretanto o dinheiro que gastava em hotéis e passeios estava contado. Sabia que, mais cedo ou mais tarde, teria de fechar a concessionária — qualquer esperança de alguma ajuda do pai, ao menos como avalista de um empréstimo no banco, tinha ido para o ralo.

No curto trajeto de carro, Isabel comentou que a Rubaiyat era a melhor churrascaria de São Paulo, ou pelo menos a mais famosa. Enquanto Pedro confirmava a reserva, os três acompanhantes aguardavam um pouco mais afastados. Foi quando passou por eles Edson Torquato, acompanhado de outras duas pessoas. Ao reconhecer Isabel, ele voltou para cumprimentá-la.

— Isabel, que coincidência te encontrar aqui. Eu estava justamente comentando com os meus colegas sobre os testes em Campinas.

A churrascaria ficava nas proximidades da emissora em São Paulo e era onde Edson e os colegas da redação tinham o hábito de almoçar aos sábados. Isabel apresentou o jornalista a todos, contou a eles do que se tratava o teste e que havia combinado de retornar na semana seguinte.

— A gente está no intervalo do almoço, ou convidaria vocês para comerem com a gente. E o Wagner? Não veio com você?

— Não. Ele não costuma sair muito de Campinas.

Antes de ir, apressado, alcançar os colegas de trabalho, Torquato reforçou:

— Não deixe de ir semana que vem, Isabel. Acho que você tem futuro.

Assim que Edson se afastou, Pedro demonstrou que não tinha gostado da conversa. Clara, ao presenciar a cena de ciúmes, começou a rir sem disfarçar. Miro compartilhou da gozação:

— Aí, hein? A cunhadinha não é fraca, não! — colocou lenha na fogueira enquanto se sentavam à mesa reservada.

— A Bel vai ser moça do tempo, vai ficar famosa — continuou Clara, entre risos.

Ao perceber o quanto Pedro estava contrariado, Isabel pediu abafadamente que parassem com as brincadeiras. Pouco adiantou. Durante todo o almoço, qualquer coisa foi motivo para trazer o assunto à tona.

De volta ao hotel, Isabel tentou explicar ao namorado que o rapaz era somente um conhecido, um jornalista que a havia entrevistado para uma vaga de estágio.

— Ah, pode parar! Eu vi qual é a dele.

— Pedro, você não viu nada. Você só tá encanado com o cara.

— E o lance de garota do tempo?

— É que eu acabei fazendo um teste pra isso. Eles achavam que eu me encaixava no perfil, mas não fui chamada.

— Você tá louca!

— Louca por quê? Eu vou me formar no ano que vem, tenho que pensar em trabalho! Quero seguir minha carreira. Não vou depender do meu pai pelo resto da vida.

— E precisa ser na televisão?

— Bom, foi o que pintou.

Ao longo de todo resto do passeio, o rapaz não tocou mais no assunto; foi o mesmo Pedro de antes. No domingo, vendo o namorado arrumar suas coisas na mala, Isabel carinhosamente o abraçou. Sabia que ficariam sem se ver por alguns dias e contou que estava sentindo uma tristeza muito grande, não sabia explicar.

Após se despedirem em Campinas com um longo beijo, ela ficou ali em frente ao prédio da república, com o peso da mochila nas costas e daquela questão — que não conseguia nem de longe identificar — na cabeça. Observou o namorado percorrer de carro poucos metros de rua até parar no sinal fechado. Depois que ele sumiu de sua vista, ela ficou mais algum tempo ali na calçada, tentando alcançar o que existia de tão errado.

Isabel voltou ao estúdio para falar com Edson Torquato. Não fora selecionada para ser a garota do tempo, mas garantiu a vaga na redação junto a Wagner.

CAPÍTULO 6

Seis meses mais tarde, uma sexta-feira, no último dia de estágio de Isabel e Wagner, Edson os convidou para um café. Aproveitou para agradecer a colaboração e garantiu uma colocação, ou ao menos uma indicação, para quando se formassem no ano seguinte.

— Sabia que depois desse estágio eu me decidi, Bel? Vou ser repórter de TV — comentou Wagner.

— Então seremos dois! — ela sorriu. — Correspondentes internacionais, você vai ver!

— Sessenta e três mil cruzeiros não é nada pra um homem bem-sucedido que nem o senhor. Olha que carro! Faz 13 quilômetros por litro de gasolina. Tá novinho! Toma a chave, escuta o barulho do motor. Acelera, pode acelerar.

Pedro Ernesto tentava vender o último carro da concessionária, um passat. O opala 78 e o maverick TS azul e preto haviam sido vendidos na semana anterior por um preço um pouco abaixo do de mercado. Depois do passat, apenas restaria a velha perua variant que pessoalmente usava.

O cliente, um velho sitiante, procurava um carro para a filha — professora. Pedro lhe mostrara o passat preto com dois anos de uso que tinha adquirido quando estivera em São Paulo com Isabel pouco antes de ir para Serra Pelada. Havia gostado do carro e esperava um bom lucro na revenda.

— Econômico. Minha filha vai gostar — após negociar o valor bastante para baixo, o cliente fechou a compra.

O rapaz guardou os seis cheques pré-datados no bolso. Acabou por fechar a venda em 61 mil cruzeiros. A loja restava vazia: alguns folhetos de propaganda em um canto, o galão de água, um pneu esquecido. No escritório, sobre a mesa retangular, existiam somente o aparelho de telefone que precisava ser desligado, a agenda de contatos e cartões de visita. Abriu a gaveta e colocou dentro de uma caixa as duplicatas vencidas, documentos sem valor, uma foto do filho, um bilhete de Isabel. Carregou a pequena caixa, fechou as três portas de rolo, saiu pelo portão lateral e atravessou a rua.

O Empório Flor do Cerrado ficava na esquina em frente à concessionária, em Santa Rita. Servia um bom café — às vezes coado na hora, outras vezes de garrafa mesmo. No balcão de madeira, uma vitrine cheia de suspiros cor-de-rosa, amarelos e azuis; doce de abóbora em formato de coração; canudinhos recheados com doce de leite; pacotinhos de chocolate embalados um a um imitando cigarros. Tudo atraía a criançada que, na saída da escola, entrava para comprar um doce. No mais, consistia em um armazém bem sortido com latas de óleo, pacotes de macarrão, açúcar e todo tipo de mantimentos cuidadosamente enfileirados em prateleiras que cobriam as paredes do fundo. E havia um bar.

Um rapazinho pesava tomates e batatas sobre o balcão e alguns homens bebiam cachaça enquanto comentavam a última partida de futebol. Duas crianças entraram:

— A mãe mandou buscar um quilo de pó de café, açúcar e um doce para mim.

Dona Murici — viúva que tocava o lugar, de sua propriedade — anotou o valor na caderneta e entregou a cópia aos meninos junto com a compra. Enxugando as mãos no avental, foi recolher pratos e xícaras das poucas mesas vazias e viu Pedro, sozinho:

— Ô, meu filho, fechou? — colocou uma das mãos sobre o ombro do rapaz.

— Acabou, d. Murici. Vou ter que entregar o prédio.

— Espere um pouco. Vou pegar uma coisinha para relaxar, então.

— Não quero atrapalhar a senhora. Tem muito freguês no bar.

— O moleque tá dando conta de atender. E quer saber, meu filho, quantas vezes você não foi pra trás daquele balcão ajudar essa velha amiga aqui? Amigo é pra essas horas.

Sem demora, retornou com dois copos e uma garrafa de brahma bem gelada.

— Não teve outro jeito, d. Murici. O tempo que eu passei fora e, depois, doente só acumulou dívida. Não tive como manter o estoque. Só estava marcando touca.

— Calma, Pedro. A vida tá difícil mesmo! Você pode deixar os carros estacionados aqui na frente do bar. Pra tudo nessa vida tem um jeito.

— Obrigado. Eu não queria parar com os carros agora porque é o que tava me dando dinheiro, mas tenho em vista um outro negócio. Quero fabricar acessório pra motocicleta, coisa pouca; já estou vendo um sócio. Tenho que dar um jeito na vida. Assim não dá. Tenho quase trinta anos! Faz tempo que estou deste jeito: dou um passo pra frente e dois pra trás.

— Você não tá falando só de negócios agora, né, filho?

— Não... Deixa pra lá. Eu tô indo, muito obrigado.

Na casa do sítio, Pedro colocou a caixa sobre a mesa da cozinha, retirou todos os papéis e a calculadora. Conferiu mais uma vez os valores de entrada e saída e mais o que entraria do carro que acabara de vender. Ao trocar os cheques pré-datados, sobrariam por volta de oito mil cruzeiros — o que não totalizava nem um salário mínimo e meio. Empurrou os papéis e passou a andar pela casa. Nunca tinha vivido com tão pouco dinheiro. Chutou a mesa e os papéis se espalharam pelo chão da cozinha. Usou uma nota fiscal para enrolar um baseado. Algumas tragadas depois, começou a juntar o material caído e encontrou o bilhete de Isabel — o mesmo que ela havia colocado na mala tempos atrás. Amassou e atirou longe:

— Merda de vida!

O baile da lua cheia era o mais tradicional e esperado do ano — marcava o início das festividades de fim de ano, sempre na primeira lua cheia de dezembro. O salão do principal clube de Porto Ferreira estava todo enfeitado. Em cada mesa, um arranjo de frutas. Na entrada, disposta em horizontal, uma enorme mesa com abacaxis, uvas, bananas, pêssegos, melões... Do teto, todo recoberto com tiras de tecidos, pendiam arranjos iluminados nos formatos de luas e estrelas. No palco, duas bandas se alternavam para que a música nunca parasse.

Isabel usava um vestido branco e comprido com um grande decote nas costas. Chegou quando o baile já havia começado. Passou pela porta do salão acompanhada de Malu e de um amigo de longa data. A música estava alta e muita gente dançava. Malu seguiu na frente ao passo que Isabel e o amigo pararam para pegar algumas frutas. No momento que colocava um bago de uva na boca, a moça virou-se para trás e viu Pedro, já de braços cruzados sobre o peito. Ele estava encostado na parede, a poucos metros de distância, e olhava fixamente para ela. A moça não esperava por sua presença e foi sorrindo até o rapaz.

— Quem é aquele cara, Isabel? — perguntou antes de qualquer coisa.

— É só um amigo. Não estraga tudo.

— Vou embora — Pedro saía.

— Não, não faz isso — ela pediu. — Fica. Foi para isso que você veio, não foi?

— Não esperava encontrar você com outro cara.

— Eu já disse que não é nada. Acredita! Eu não tenho por que mentir. Foi você que sumiu, não, eu.

Pedro continuou andando em direção ao carro, no estacionamento. Isabel ia atrás, com dificuldade para caminhar com suas sandálias de saltos finos e altos pelo chão de pedriscos e terra molhada. Aproveitando-se disso, fingiu que enroscou o salto.

— Ai! Ai! Ai! Torci o tornozelo. Insensível, culpa sua! — tentava se levantar. — Agora não consigo andar!

Isso obrigou o rapaz a retroceder.

— Deixa que eu te ajudo — disse ele, arrependido.

— Não, tudo bem. Se não acredita em mim, não precisa. Eu rastejo. Era isso que eu tava fazendo mesmo!

— Ah, para com isso, Isabel — ele a levantou do chão. — Vou te levar pro carro e ver seu tornozelo.

Pedro carregou a moça, apoiada em seu braço e mancando, e a sentou no banco do carro.

— Está bem assim? Agora deixa ver como está.

— Está doendo, doendo muito. Além disso, estou toda suja de barro e magoada — Isabel chorava. — O que mais você quer?

O rapaz removeu a sandália dela e verificou o tornozelo de ambos os lados, enquanto ela reclamava de dor:

— Não está machucado nem inchado. Só sujo mesmo — ressaltou.

— É, mas está doendo!

— Vamos embora daqui.

Ele dirigiu, sem saber ao certo aonde ir. Ela, que se mantinha calada a fingir dor no tornozelo, virou-se para ele:

— Pedro, eu estava com saudades de você.

O rapaz finalmente sorriu. Puxou a moça para mais perto e, em tom de brincadeira, disse:

— Quer voltar para o baile agora, quer?

— Você sabe o que eu quero, não sabe?

Pedro guiou, em silêncio, para Santa Rita. Isabel foi deitada, com a cabeça recostada em seu colo e as pernas dobradas sobre o banco do carro. Mantinha os olhos fechados, como se dormisse. Com uma mão, ele lhe acariciava o rosto e os cabelos. Esse gesto simples despertou nela toda a emoção contida; as lágrimas escorreram abundantes. O rapaz percebeu e, ainda sem nada dizer, enxugou cada uma delas e lhe beijou o rosto borrado do rímel preto.

— A Bela consegue andar ou precisa ser carregada? — Pedro deu a volta para ajudá-la a descer, quando chegaram à casa do sítio.

— No momento, a Bela está horrorosa e só pensa em tirar este barro do corpo.

O cachorro Ralf abanava o rabo para os recepcionar e acompanhar para a varanda da casa.

— Está bom seu tornozelo, não? — Pedro riu.

— Quanto a isso, tenho que lhe contar uma coisa.

— Nem precisa — devolveu, divertido.

Ele abriu a porta e Isabel foi correndo para o banheiro, gritando:

— Juro que não demoro nada. Tem toalha?

Na cozinha, Pedro preparou uma dose de uísque e pensou em tudo o que havia acontecido desde que tinha ficado sabendo — por Miro — que a moça estava em Porto Ferreira e que iria ao baile. Ele tentava ignorar Isabel desde a última vez em São Paulo — a lembrança dela martelava em sua cabeça. Porém, havia se permitido seguir o impulso até o baile.

A moça saiu do banheiro enrolada na toalha e o encontrou sentado na poltrona da sala. Devagar se aproximou e, de um jeito que ele já conhecia, sentou em seu colo com o corpo virado para frente. Arrancou o copo de uísque de sua mão, deu um gole e, sem tirar os olhos dele, colocou a bebida na mesinha ao lado. Com delicadeza, beijou seu rosto, seu pescoço, suas orelhas, seu cabelo. Ele a beijou de volta. A toalha escorregou para o chão.

— Pedro. Pedro, não dorme, não!

— Não... Eu tô com fome.

— Eu também. O que tem pra comer?

— Hum... Nada.

— Vou ver o que dá pra fazer — ela saiu enrolada na toalha em direção à cozinha.

Abriu os armários e a geladeira. Colocou água para ferver e gritou:

— Macarrão tá bom para você?

Voltou e vestiu uma camisa de manga comprida de Pedro que achou no guarda-roupa. Cozinhou a massa e preparou um molho com três tomates que tinha encontrado na geladeira. Adicionou bastante azeite e algumas azeitonas pretas. Pedro arrumou a mesa e ralou o queijo.

— Tá bom? — ela servia o espaguete caprichado nos pratos.

— Tá bom — ele provou.

— Muito bom, ou só bom?

— Bom...

— Cretino! Vou jogar este molho em você.

— Nao... não! Tá ótimo, excelente!

— Obrigada. Você é muito gentil e mente muito bem. E, como prêmio, lava a louça!

— Só se você ajudar.

Enquanto tiravam a mesa e lavavam a louça, Isabel parou um instante e olhou para ele:

— Você quer que eu durma aqui hoje?

— Fica. Eu levo você amanhã.

No quarto, de luz apagada, Isabel chorava deitada nos braços de Pedro.

— Não fica assim, Isabel. Não chora — a voz dele soava como um pedido sincero.

— Isso é uma despedida, não é, Pedro?

— Não tem outro jeito.

— Eu não posso acreditar que não tem um jeito! Como você pode fazer isso com a gente? — ela não continha mais o choro. — Como? Quem não ama não olha como você me olha, não beija como você me beija... Responde, Pedro!

— Isabel, eu tentei. Não posso.

— Pedro, eu não estou pedindo que você se case comigo. Só estou pedindo que a gente continue como era antes. Eu sei que seu pai pressiona pra você voltar com sua ex-mulher. Mas você sabe que nem com todo dinheiro dele você era feliz.

— Não é isso, Isabel — silenciou.

— Se não é isso, é o quê? Por que você não me diz?

— É muita coisa.

— Pedro, fazia quase seis meses que a gente não se via. Você acha que eu penso que você não transou com nenhuma mulher esse tempo todo? Eu não posso nem imaginar a cena que me dá um ódio, que nem sei explicar. Eu não transei com ninguém! Sabe por quê? Porque não tive vontade, só por isso.

— Ah... tá.

— Para! Você me ofende com esse seu ciúme.

— Você dá motivo.

— *Como* você discorda do meu comportamento é só o agravante. O *motivo* mesmo eu só imagino.

— Não delira, Isabel.

— Eu sou livre! Só o que eu sinto me prende a você. E a verdade é que pra você não vale a pena arriscar nada: nem seu orgulho nem a aprovação do seu pai.

Isabel virou para o lado e deixou as lágrimas caírem. Ele a puxou para perto e a abraçou, sem falar nada. Ela quebrou a mudez:

— Como posso pensar que nunca mais vou ver você?

Ele não respondeu, somente a abraçou até quase sufocar.

— Me solta, Pedro! — sentou-se na cama e mirou nos olhos dele. — Diz que nunca mais quer me ver. Fala!

Para ele seria mais fácil sufocar aquele querer, desistir de Isabel de vez. Poderia ter qualquer outra mulher, isso nunca tinha sido problema — com as outras, seu pai e Sônia não se importavam. Com Isabel era diferente: por ela, vivia naquela situação — a andar de carro velho, sem dinheiro... estava na lona.

Vontade não faltava de chutar o balde, mandar o pai à merda e assumir a moça de uma vez por todas. Queria mesmo. Porém, era preciso ser realista, encarar os fatos: o que restaria para alguém como ele, então? Talvez arranjasse um emprego de gerente de posto de gasolina, vendedor de carros ou motorista de caminhão... Não, aquela vida não era para Pedro. Além disso, Isabel nem sequer olharia para um cara do tipo.

Racional era, ao menos pelo momento, aceitar as imposições do pai até a situação arrefecer.

A luz acesa do corredor iluminava o quarto e a moça encontrou, no brilho avermelhado dos olhos do rapaz, a mais triste confirmação a seu desafio. Ele não disse, se manteve calado. Ela se deitou devagar e pediu que Pedro a abraçasse. Ouviu o compasso do coração dele e se percebeu dependente como nunca tinha sido — nem de seus pais, nem de ninguém, nem de nada! Todas as metas que havia traçado para alcançar a carreira de sucesso — estágio na televisão, estudo em Nova York — lhe pareceram insignificantes. Para ela tudo tinha perdido a relevância. Somente ele importava naquele momento, mas não, não podia ser assim!

Na manhã seguinte, a moça fez o café, acendeu um cigarro e saiu para caminhar pelo sítio. Chamou o cachorro, que foi correndo na frente, sentou-se na beira do lago e por algum tempo admirou o movimento do vento na água — que refletia o dourado do sol ainda a se levantar. Sentia os olhos secos e cabeça pesada, um gosto ruim na boca. Quando voltou, encontrou Pedro Ernesto na cozinha.

— Você não dormiu, né? — ele pegou delicadamente na mão dela.

— Como poderia?

— Senta aqui, Isabel. Toma café comigo.

— Não! Por favor, Pedro. Não consigo fingir que está tudo bem. Não quero me humilhar mais — ela saiu de perto.

— Isabel, volta aqui.

A moça voltou e se sentou na cadeira em frente a ele.

— Pronto, meu senhor.

— Eu sei que vou resolver tudo, só não sei quando — ele se esforçava para enxergar uma luz no fim do túnel.

— E...

— Eu acho você onde você estiver.

— Estou pronta para ir pra casa.

Malu bem que tentou tirar Isabel de casa naquele *réveillon*, mas 1981 chegou e ela não festejou. Dormiu sozinha em seu quarto em Porto Ferreira, exatamente como havia feito no Natal e no Natal anterior e no Natal anterior àquele.

As duas amigas planejaram uma viagem para Salvador com muita antecedência: passagens, hotel, roteiro. Trinta dias seria pouco para tanta coisa a se fazer durante as férias na Bahia. Em cima da hora, o pai de Malu cortou a verba — uma lição para quem tinha ficado de ano na faculdade.

Isabel não estava certa se faria bem em viajar sozinha — a mala, ainda por fazer, lhe parecia pesada demais e Salvador não seria a mesma coisa sem a amiga. De qualquer maneira, precisava de um tempo, ir para um lugar distante — um lugar onde não se lembrasse de Pedro. Embarcou.

Nos primeiros dias perambulou pelas praias, estendeu a canga em Amaralina, leu revistas. Foi ao Mercado Modelo, comprou todos os colares e quinquilharias que pôde, comeu acarajé até passar mal e gastou um dia só bebendo água de coco. Depois não teve mais vontade de sair do hotel: descia, tomava café e voltava para o quarto. Pela janela, olhava para a rua, as pessoas, o mar. Viu TV e chorou dois dias inteiros. No dia seguinte, colocou óculos escuros, um chapéu e foi à praia.

O cheiro de dendê se espalhava com a brisa fresca de fim de tarde e Isabel estava sentada na mureta em frente ao Farol da Barra, próximo a um grupo que jogava capoeira no gramado. Foi perto de um pequeno aglomerado de turistas, que se juntou ao redor da baiana que fritava mais uma porção de acarajé, que a moça conheceu Victor e Edgar. Na verdade, o encontro foi por causa do menino sorveteiro que nessa hora passou anunciando: "Olha o picolé de seriguela, coco, umbu..." No mesmo instante, os dois rapazes — que observavam mais adiante — se aproximaram e cada um escolheu seu picolé. Um deles puxou conversa com Isabel, que também escolhia o seu: contou que estudavam engenharia na Unicamp e que haviam vindo de Campinas até Salvador em um opala velho movido a gás, adaptado por eles próprios.

Ela gostou de Victor e Edgar e o sentimento foi recíproco. Combinaram um encontro para o dia seguinte. Iriam conhecer a Lagoa do Abaeté.

Passaram para pegá-la no hotel e foram à lagoa; na sequência, foram à praia; no outro dia, a Arembepe — um pouco mais longe. Também passaram um dia em Itaparica e foram a outros tantos lugares.

Descobriram que tinham muito mais coisas em comum do que estudar em Campinas. Haviam estado naquela mesma passeata em que muita gente tinha saído machucada. Gostavam de Fernando Pessoa, dos filmes de Bergman, e do *Agente 86*. Não perdiam uma apresentação da Sinfônica e fumavam muita maconha.

A lua cheia iluminava toda a orla de Ondina, e a espuma do mar refletia seu brilho prateado. Victor dedilhava o violão:

... Ô marinheiro, marinheiro
Marinheiro só
Quem te ensinou a navegar...

Era moreno, gentil e bonito — de uma beleza completa de corpo, alma e calma. Isabel, que não sentia aquilo desde Pedro Ernesto, vivenciou algo bom invadir-lhe o peito. Sorriu. Victor, a sorrir de volta, começou a tocar uma melodia delicada, de letra igualmente doce:

Agora já não sei
Quem me deixa mole
Será você, sua louca,
Doida que me bole,
Porque deveria ser você
Doce maria-mole

— Que música é essa? Não conheço — a moça se encantou com a canção.

— É uma música inédita. Fiz pra você.

Isabel corou e agradeceu com um beijo na face do rapaz. Talvez um dia gostasse de outro cara que não fosse Pedro Ernesto.

Compraram duas garrafas de vinho barato na barraca em frente e continuaram a cantoria:

... Enquanto eu corria, assim eu ia
Lhe chamar/
Preta, preta, pretinha...

Mais pessoas engrossaram o grupo: o menino que vendia sorvete, o casal que namorava logo ali, dois turistas italianos. Compraram mais vinho, cerveja e depois caipirinha. Trilharam mais canções do repertório e acabaram por dormir na praia aquela noite.

Poucos dias antes de voltar, Isabel pediu à recepcionista do hotel — de quem se tornou amiga — que a levasse para que lessem os búzios. Os novos amigos optaram por outro programa.

— Você é filha de Oxum, a rainha das águas, dos rios — disse a Mãe de Santo, enquanto remexia as pequenas conchas. — Suas águas são turbulentas, fia! — juntou e segurou os búzios na mão. Atirou novamente sobre o tabuleiro e, apontando uma e outra peça, foi dizendo: — Sua vida vai ser muito difícil. Muito difícil, fia. Você é boa, mas vai ter que ser muito forte. Não posso falar mais nada.

O Carnaval se aproximava e Isabel preparava sua fantasia: os blocos eram tradição no clube da cidade. A roupa do ano teria bordados coloridos aplicados em fundo preto. Era bastante trabalhosa de fazer e, como sempre, deveria ser mantida em segredo — a disputa pelo primeiro lugar era levada a sério.

Magda ajudava a filha a costurar apliques bordados de lantejoulas no maiô preto — um serviço demorado, que exigia cuidado. Isabel já estava havia muito tempo em pé, pois o trabalho era feito no próprio corpo. Sentia-se cansada — era preciso terminar. Não conseguiu — o chão lhe faltou e ela caiu. Magda correu para buscar água, molhou a testa da filha, sentiu os pulsos, passou álcool para a moça cheirar e Isabel logo voltou a si.

A mãe atribuiu o desmaio à falta de alimentação da moça, à mania de emagrecer — especialmente para poder usar aquela peça — e, é claro, ao longo tempo que permanecera em pé. Clara, que pouco depois soube do ocorrido, questionou a irmã:

— Estou te achando muito peituda! Você não percebeu?

— Nem vem, Clara.

— É sério! Não pintou nada mais de estranho?

— Olha... Minha menstruação não veio. Não me preocupei muito porque nunca foi certa. Só que agora estou com medo.

— Tem que ter certeza, Bel! — Clara encarou a irmã, que trocava de roupa.

— Mas como? Levo meu xixi no laboratório e no dia seguinte a cidade inteira está falando que eu estou grávida!

— Bom... Então, eu vou ao laboratório. Você faz o xixi, eu levo e falo que é meu.

Isabel estava em seu quarto quando Clara retornou trazendo o envelope, que entregou para a irmã. Miro, que passava pelo corredor, viu a movimentação — saiu apressado antes que a cunhada fechasse a porta.

— Louca... pensa se alguém vê você com isso! — sussurrou a moça, a tomar o envelope. — Ai, Clara... Estou com tanto medo! — as mãos tremiam.

— Agora é tarde. Abre logo isso!

Lentamente, a moça rasgou a lateral e puxou a folha de dentro:

— Positivo! — desabou na cama.

— E agora, Bel? De quanto tempo você está?

A moça procurou no laudo.

— Quase três meses.

— Bom — Clara sentou-se ao lado da irmã —, se você estiver pensando em uma solução prática, vai ter que correr.

— Não sei ainda o que vou fazer. Só sei que "isso aí", não — Isabel chorava.

Clara pontuou que a irmã teria que contar para a mãe sobre a gravidez, o que seria muito difícil. Isabel pediu que a irmã guardasse segredo, que esperasse o Carnaval passar. Enquanto isso, pensaria em uma forma de contar a Magda.

CAPÍTULO 7

"Vou ter que aceitar as regras, pelo menos por um tempo". Sem o aval do pai, os bancos haviam lhe negado empréstimos. Estava falido e João tinha sido categórico:

— Um homem pode ter quantas vagabundas quiser, Pedro Ernesto. Elas existem para isso. Mas tem que respeitar a família! Seu filho e sua mulher estão aqui: é com eles que você tem obrigação. Eu te ajudo, mas se afaste daquela mulher!

Naquela noite no sítio em que romperam por fim, Pedro gostaria de ter explicado a Isabel seus motivos, porém a faria sofrer ainda mais. Um tempo depois, concluiu que os planos da moça nada tinham em comum com os dele — ela pensava em trabalhar na televisão, havia chegado a fazer testes. Além disso, Isabel era muito provocante, tinha sempre um amigo por perto.

Estava decidido a, pelo menos por um tempo, seguir as normas do pai. Não estava disposto a reatar o casamento, isso havia deixado claro, entretanto voltaria a viver na mesma casa. Possuía um projeto e o poria em prática. Então, estaria livre.

Pretendia fabricar acessórios para motocicletas. Levantou todos os custos, pesquisou modelos, demanda de mercado, o espaço necessário para a montagem e todo o resto. Com o aval de João, conseguiria o financiamento para a compra de equipamentos e matéria-prima.

O projeto lhe tomava todo tempo em pesquisas e pequenas viagens. Voltava tarde da noite para casa, quase sempre após boas doses de uísque e alguns baseados. Não queria ver Sônia! Esta, por sua vez, se queixava ao sogro que, cansado, deu-lhe o recado:

— Ora... Você é mulher, deveria saber o que fazer!

A partir daí, certas noites, sorrateiramente entrava no quarto de Pedro e se enfiava embaixo dos lençóis. Algumas vezes, ele estava tão bêbado que nem percebia: murmurava alguma coisa e voltava a dormir. Certas vezes, retribuiu algum carinho que até despertara desejos que não admitiria, nem para ele mesmo. Pela manhã, antes que o rapaz acordasse, em silêncio, ela saía do quarto.

As visitas noturnas de Sônia não passaram desapercebidas a Pedro, mas ele se fazia de morto. Até que, de esporádicas, passaram a uma frequência de duas ou mais visitas por semana.

Sônia atravessou o corredor às escuras. Vestia apenas uma camisola preta e nova. Tocou delicadamente na maçaneta para não fazer barulho — a porta estava trancada. Foi como se uma faca lhe penetrasse o peito — sentiu fogo em seus olhos e a mandíbula endurecer. Teve vontade de gritar, chutar aquela porta até derrubar. Voltou para seu quarto com total discrição.

Na manhã seguinte deu o bom-dia a Pedro como sempre fazia. Ele nunca ficou sabendo como ela verdadeiramente reagiu à porta trancada na noite anterior e nem nas outras noites depois daquela.

Ao balcão do bar do clube, dias mais tarde, Pedro bebia um refrigerante ao fazer anotações em um bloco de papel. Estava compenetrado àquela hora da tarde quando Miro chegou. Conversaram sobre banalidades e, apenas ao perguntar sobre Isabel, o rapaz ouviu do amigo que ela tinha acabado de voltar de Salvador. Miro soltou a bomba:

— A Bel tá grávida — disse, assim como quem não quer nada.

Pedro ficou em silêncio. Não moveu um músculo sequer. Somente se despediu e saiu.

Dirigiu como um louco. Não havia gostado da ideia daquela viagem para Salvador desde o início. E não tinha gostado de saber da gravidez por Miro. Não estava certo. Em poucos minutos, estava em Porto Ferreira. Queria ver Isabel, dizer que estava ao lado dela e que daria um jeito. Passou em frente a sua casa uma, duas vezes... Comprou fichas e ligou do orelhão. Magda atendeu. O rapaz desligou o telefone. Voltou para Santa Rita. No caminho, pensaria em uma solução.

Parou no Empório Flor do Cerrado e pediu um conhaque duplo — não tinham uísque.

Miro não soube como interpretar o silêncio de Pedro, afinal havia sido o rapaz que perguntara sobre Isabel. O "cunhado" entendia que ele não tinha gostado quando soube que a moça havia ido sozinha para Salvador, no entanto achou muito estranho o amigo não comentar nada sobre a gravidez. Isso não foi o suficiente para calar Miro: bastou beber alguns copos de cerveja para que o segredo de Isabel virasse notícia fresca na roda de amigos do bar do clube.

Na sexta-feira, dia de muita unha e cabelos no Salão da Jussara, dona Corbélia passava adiante a novidade que o marido tinha ouvido na noite anterior. Pouco depois, Marinalva atendia o telefone na casa de João:

— É *prà* senhora, dona Sônia.

— A vagabunda está grávida! — gritou a mulher para a casa inteira ouvir.

— O que foi, Sônia? — perguntou João, engasgando-se com o café.

— Isso que o senhor ouviu: a vagabunda está grá-vi-da — repetiu pausadamente. — O senhor vai ter outro neto, um bastardinho.

— Não pode ser!

— Estou cansada de ser humilhada! Vou arrumar minhas coisas e as do meu filho, não fico mais aqui.

— Espera! Vou falar com Pedro, vamos tirar isso a limpo.

João imediatamente saiu à procura do filho, que àquela altura já estava sabendo do falatório e não queria ser encontrado por ninguém. Sem sucesso, o pai voltou para casa e, logo ao entrar, se deparou com duas malas e Sônia sentada no sofá.

— Não se precipite. Ele vai aparecer — garantiu o velho, visivelmente cansado.

— Não adianta. Ele não esqueceu aquela mulher. Nada que eu fizer vai fazer o Pedro voltar pra mim.

— Você tem seu filho.

— Se isso for verdade, o senhor nunca mais vai ver seu neto!

Categórica, Sônia se retirou para o quarto.

Pedro voltou para casa na manhã seguinte, decidido a contar ao pai que Isabel esperava um filho dele. Abriu a porta e tropeçou nas malas que a mulher propositalmente havia deixado na entrada. Marquinhos escutou o barulho e foi correndo abraçar o pai:

— Mamãe disse que nós vamos morar na casa da vó Gema.

— Não vai não, filho! O que a mãe dele pretende com isso? — perguntou para João, que acabava de entrar. — Todo mundo sabe que ela não vai embora.

— As malas estão ali — o pai apontou. — Só depende do que você vai dizer pra ela. Eu não quero saber o que você aprontou dessa vez. Você que se vire com suas vagabundas. Só tem uma coisa: meu neto tem que ficar aqui.

— Nós vamos embora, eu e Marquinhos, porque o pai dele tem outra mulher — Sônia entrou na sala. — Não é, Pedro? Fala a verdade aqui na frente do seu filho.

— Sônia, para com isso! — Pedro se irritava. — Não vê que tá fazendo o menino chorar?

E se dirigiu ao pequeno:

— Venha cá, meu filho. Não chore.

— Não, papai. Você não gosta mais da gente — Marquinhos se agarrou à mãe.

— Agora que o papai vai ter um filho com essa mulher, não precisa mais da gente.

— O que você está dizendo, Sônia? O que você tá falando pro menino, sua louca?

O rapaz sentia a raiva transbordar pelos olhos.

— Estou dizendo a verdade. Ou não?

Pedro ignorou a mulher:

— Venha cá, meu filho. Senta aqui do lado do papai que eu quero conversar com você — tentava aparentar calma.

O menino olhou para a mãe, que fez um sinal afirmativo com a cabeça.

— Olha, eu não quero que você vá embora daqui. Papai não pode ficar longe de você, e nunca vai deixar de gostar de você.

— Você não vai me trocar por outro filho?

— Não, Marquinhos. Não vou trocar você por ninguém. O coração do papai é bem grande.

— Ah... Vai trazer o bastardinho para cá também, vai? — Sônia se intrometeu.

— Ele se chama Bastardinho, papai?

— Cala a boca, Sônia. Não tem bastardinho!

— Ah, então a vagabunda não está grávida? — a mulher indagou com cinismo.

— Não tem filho meu, Sônia. Já chega!

Pedro saiu e bateu a porta.

A chuva fina grudava os restos dos enfeites de Carnaval na beira da sarjeta, molhava a roupa de Isabel e escondia as lágrimas enquanto ela pedalava a esmo pelas ruas vazias da cidade, na manhã de quarta-feira. A moça estava mais chorosa, sabia disso. Não conseguia se conter.

Magda já estava a fazer perguntas: "Você está abatida, não anda comendo direito. O que está acontecendo que eu não sei?" A filha inventava que estava com dor de cabeça, que não era nada. Por mais quanto tempo conseguiria enrolar a mãe? Ela perceberia. Todos perceberiam.

Logo depois do almoço, chamou o cunhado e Clara para conversar. Falou que estava nervosa, aflita; precisava contar a Pedro. Então, Miro lhe disse que Pedro já sabia, que ele próprio tinha contado.

— Ele nem veio me procurar. Quando você contou?

— Faz alguns dias. Parece que ele tá falando que não tem nada com isso.

— O quê?! Ele disse isso?

— É o que me contaram.

— Ah... Eu vou tirar isso a limpo! — Isabel ficou furiosa.

A moça resolveu que iria imediatamente para Santa Rita. Clara dirigiria o fusca, pois ela não se sentia em condições. Miro não foi — forneceu alguns endereços onde poderiam achar Pedro.

— Estou me sentindo ridícula fazendo esse papel, Clara.

— Quer voltar?

— Não. É que isso tudo me parece um despropósito, sabe? Não é possível que o Pedro esteja falando isso, não ele.

A casa do sítio estava fechada; nem o cachorro estava lá. O local parecia deserto. Clara e Isabel seguiram para o clube, sem encontrar o rapaz. Faltava checar somente o último bar indicado por Miro.

O Bar do Tonho nada mais era que um velho armazém desativado e transformado em botequim de terceira categoria. Possuía uma fachada alta onde se lia "Secos e Molhados" — em letras bastante desbotadas — e pela porta grande e aberta percebia-se — a despeito da pouca luz do interior — uma mesa retangular onde havia alguns homens sentados.

Clara dirigia bem devagar e, do carro, ela e a irmã escutaram gritos animados vindos do interior do estabelecimento. Parecia se tratar de uma mesa de truco. Estacionado um pouco mais adiante, Isabel reconheceu o carro de Pedro. A irmã deu outra volta no quarteirão e parou rente à calçada.

A moça desceu imediatamente do carro, caminhou para a entrada do bar e avistou Pedro sentado, a jogar animadamente. Este, logo que a viu à porta, foi ao seu encontro. Sem descer os degraus que levavam à calçada, olhava Isabel de cima. Ela delicadamente pediu que ele descesse para que ficassem no mesmo nível. Mesmo atendendo ao pedido, o rapaz se manteve calado. Foi então que a moça, tentando manter o tom de voz e mirar profundamente nos olhos dele, contou que estava grávida:

— É, eu estou sabendo — respondeu Pedro secamente, de uma forma que ela nunca tinha presenciado antes.

— É assim que você responde, como se não tivesse nada com isso?

Ele apenas mexeu levemente a cabeça.

— Quer dizer que você realmente acha que não é o pai?

O rapaz deu de ombros.

— Responde, Pedro! — Isabel gritou, a esmurrar o peito dele.

A moça não se controlava mais. A essa altura já chorava. O rapaz se mantinha impassível.

— Você não tem coragem de responder, né? Sabe o quanto você tá me humilhando? — perguntou em tom mais baixo.

Ele não demonstrou nenhuma compaixão. Isabel colocou as mãos sobre a própria barriga:

— Tem um bebezinho aqui. Você sabe que é o pai! Tem certeza disso... Sei que tem!

Pedro olhou para as mãos de Isabel e depois para seu rosto. Não desviou o olhar dos olhos da moça. Nada disse.

— Covarde! Você é um covarde, Pedro Ernesto! — gritava Isabel, se afastando. — Covarde!

Pedro não viu a cena — todos os que ouviram a conversa foram à porta ver a moça, que caminhava chorando para o carro onde Clara a esperava.

— Estou com muita raiva! Muito ódio! Mas tive uma ideia — Isabel olhou para o veículo de Pedro, estacionado logo ali. — Afasta o carro, Clara, vamos acabar com o carro dele.

— Cuidado. Você está grávida.

— Só vamos amassar um pouquinho! — ironizou.

— Tem certeza de que o carro dele é aquela veraneio verde?

— Isso mesmo. Acho que, se a gente bater com o para-choque nas portas, não vai amassar o fusca — só o carro dele.

Clara deu ré e posicionou o veículo com a frente virada para a lateral da veraneio de Pedro. Engatou a primeira.

— Se segura que eu vou bem de frente.

Acelerou e soltou o breque. O fusca patinou nos paralelepípedos, em direção à porta dianteira do outro automóvel: bateu.

Com o barulho, todos — menos Pedro — voltaram à porta do bar.

Isabel desceu para conferir a profundidade do estrago e resolveu pedir à irmã para repetir. Desta vez, ficou de fora para segurar algum eventual veículo que pudesse passar pelo local.

A segunda batida acertou a lateral traseira da veraneio e fez mais barulho do que a primeira. Satisfeita, a moça retornou ao fusca — não sem antes dar uma banana para a plateia embasbacada do estabelecimento, que assistia a tudo.

No som do carro, As Frenéticas começaram a tocar:

Você fez de mim uma hipócrita
Você fez de mim uma cínica
Você de mim uma mulher sem lar
Uma malvada
Por isso eu sou vingativa, vingativa
Por isso eu sou vingativa, tenho até asco de você...

O dono do bar e três colegas que jogavam truco olharam para Pedro a esperar alguma explicação. Ele não disse nada; simplesmente pediu uma dose de uísque para o balconista e, como não havia, aceitou conhaque. Bebeu de um trago e saiu sem se despedir.

Entrou no carro a ignorar os estragos — sabia que estava sendo observado. Foi direto para o sítio. Na casa vazia cheirando a mofo, lembrou-se da última vez em que lá tinha estado com Isabel — pouco antes de voltar para a casa do pai. A despedida poderia ter sido o dia em que ela engravidara.

Buscou a garrafa de uísque guardada na cozinha. A geladeira estava desligada — não havia gelo. Levou a garrafa para o quarto. Os lençóis ainda eram os mesmos de quando tinha dormido com a moça. Procurou o cheiro dela nos travesseiros — só havia pó.

Enrolou alguns baseados com a erva guardada na gaveta da mesinha. Precisaria de muitos.

Com um cigarro aceso, Magda lia tranquilamente em seu quarto quando Isabel bateu: julgava ser uma boa hora para contar aquilo que já tinha adiado ao máximo. A moça levava uma xícara de café que havia acabado de coar e uns biscoitinhos de nata que havia feito com capricho. Colocou a bandeja com os agrados à mãe na mesinha e se sentou na poltrona.

— Obrigada, filha. Você sabe o quanto eu adoro estes biscoitinhos com café. Hum... estão derretendo na boca.

A mulher bebeu e comeu enquanto conversavam sobre o livro que estava lendo, *O Tempo e o Vento*, de Érico Verissimo.

Isabel respirou fundo e tomou coragem. Era hora.

— Mãe, eu preciso lhe contar uma coisa importante... Muito importante.

Silêncio.

— Você está me deixando nervosa. Fala de uma vez, Isabel!

— Eu tô grávida.

— Só podia dar nisso. Você não tem juízo! — gritou. — Quem mais sabe disso?

— Só a Clara e o Miro.

— E *ele*?

— ...

— Eu bem que lhe avisei. Você não me ouviu. Foi se envolver com um cafajeste! E agora, como é que vai ser?

— Ainda não sei.

— Você não vale nada, Isabel! Já pensou no que vão falar?

— Eu não tô preocupada com isso, mãe.

— É... não está. Não está porque você nunca se importou comigo. É de mim que vão falar! Vão falar que *minha* filha está grávida!

— Mãe, nós não estamos mais nos anos cinquenta!

— Não seja cínica! Você me deve respeito — travou os dentes ao mesmo tempo em que se levantava. — Quem você pensa que é? — esbofeteou os braços, as pernas e o rosto da filha.

— Para com isso, mãe — Isabel tentava se libertar. — Você está me machucando!

— É para machucar mesmo. Prostituta! Meretriz!

Clara, ao ouvir os gritos, entrou no quarto e segurou Magda.

— Mãe... mãe, para com isso! Deixa a Isabel... Fica calma!

A moça saiu. A irmã acalmava a mãe.

Sozinha, Isabel chorou até dormir. Nunca havia se sentido tão desamparada e perdida. Já previa qual seria a reação de sua mãe. O que mais doeu, porém, foi não ter uma resposta quando ela lhe perguntou sobre a reação do pai de seu filho.

Logo cedo, mal tinha acabado de tomar seu café sem açúcar, Magda pediu uma ligação para a casa de sua irmã Heloísa, em São Paulo. Precisava falar sobre uma ideia que lhe passava pela cabeça. Contou sobre a vergonha que mais uma vez Isabel impunha a toda a família.

A irmã, diferentemente de Magda, deixou a questão moral de lado e falou sobre as dificuldades que Isabel enfrentaria para terminar a faculdade. Pontuou também o curso no exterior a que a moça teria de renunciar e o prejuízo profissional adicional que uma gravidez naquele momento poderia acarretar. Por tudo isso, era necessário agir com urgência.

Isabel saiu do quarto depois que todos já haviam almoçado. Procurou pela mãe: queria contar que estava decidida a ir para Campinas e ficar por lá até o bebê nascer. Precisava partir o quanto antes.

Magda colocou a xícara de café na bandeja ao lado da poltrona assim que a filha entrou na sala. Percebeu o quanto a moça estava abatida, com olheiras profundas. A mãe tinha exagerado na noite anterior; sempre tinha sido assim com Isabel. E agora, somente agora, podia notar uma pequena barriga saliente, a cintura mais larga e os seios maiores da moça.

— Isabel, minha filha, não ache que eu não quero o seu bem. Estive pensando e hoje cedo telefonei para sua tia, em São Paulo. Decidi que vamos pra lá amanhã.

— São Paulo? Fazer o quê? Eu tenho faculdade, mãe!

— Não se preocupe com isso. Vão ser só alguns dias. Sua tia quer conversar e vai ser bom para você.

A moça concordou sem muita resistência. Observou a mãe estranhamente calma, atenciosa demais. Não quis contrariar, pois precisaria do apoio dela — o passeio e uma conversa com sua irmã lhe fariam bem.

Mãe e filha tomavam o café da manhã na sala de jantar do espaçoso apartamento de Heloísa. Magda aproveitou a ocasião e comunicou que iriam ao médico.

— Eu posso ir em Campinas. Aqui vai ficar complicado.

— Isabel, minha filha, eu só quero o melhor pra você. Agora você não está em condições de saber o que é melhor.

— Mãe, o que você tá querendo dizer com isso? Continuo sem entender.

— Isabel, você é muito nova. Vai poder ter outros filhos quando for a hora.

— Mãe!

A moça se levantou da mesa, contudo Magda segurou seu braço e a obrigou a se sentar novamente. Isabel se livrou das mãos dela e correu para o quarto, a dizer que iria embora. A mãe foi atrás.

— Essa criança está condenada a nascer sem pai. Vai ser um bastardo infeliz! Vai acabar com sua vida. Não entende?

— Isso é o que você pensa.

— Você não sabe de nada. É uma boba que não tem nem como sustentar uma criança sozinha.

— Pensei que tivesse família.

— Já chega! Já vi que com você não adianta. Você vai e acabou.

Magda saiu do quarto e deixou Isabel sem saber o que fazer. Uma hora e alguns minutos depois, voltou e avisou que o táxi as esperava.

— Eu tenho outra saída? — a moça perguntou. Sabia a resposta.

A mãe se identificou e uma atendente veio pessoalmente abrir o portão de ferro para ela e a filha. O sobrado branco era todo cercado por muros altos, no final de uma tranquila rua sem saída em um bairro nobre de São Paulo. Nenhuma placa, somente o número 1235.

A sala de espera tinha aparência igual à de qualquer clínica médica. Quatro mulheres e seus acompanhantes aguardavam. Magda foi até o balcão; Isabel sentou-se para esperar e viu quando a mãe entregou notas de dinheiro para a mulher atrás do caixa.

Uma moça, que estava sentada à sua frente, foi convidada a entrar por uma porta que Isabel supôs que conduzia aos consultórios. O rapaz com expressão aflita que a acompanhava ficou a aguardar. Meia hora depois, outra moça foi chamada. Entrou de cabeça baixa, com passos vacilantes. Isabel percebeu que ela estava sozinha e que não aparentava ter certeza do que estava prestes a fazer.

Minutos mais tarde, o acompanhante da primeira paciente indagou à mulher do balcão se estava tudo bem com sua namorada. Sem responder à pergunta, a atendente pediu que ele aguardasse mais um pouco. Praguejando, o rapaz saiu para fumar no pátio.

— Por que você está fazendo isso comigo, mãe?

— Um dia você vai me agradecer — Magda rebateu com firmeza.

Por mais meia hora, Isabel permaneceu calada. Mal respirava, sentia-se entorpecida ao lado da mãe, que fumava e lia uma revista.

Duas moças ainda aguardavam na sua frente na fila quando Isabel foi chamada.

— Você não vem, mãe?

— Não, eu fico esperando aqui. Agora é só uma consulta.

O longo corredor tinha portas de ambos os lados. Entraram em uma sala onde havia uma maca e alguns armários com instrumentos. A enfermeira mandou que se despisse, mantivesse apenas a calcinha, colocasse o avental e se deitasse na maca.

Pouco depois um homem baixo, de cabelo ruivo e uma barba rala entrou na sala. Sem dizer palavra, levantou o avental de Isabel e, com firmeza, começou a lhe apertar o ventre. Abaixou um pouco a calcinha dela e apalpou com mais força ainda.

— O senhor está me machucando — reclamou Isabel.

— Moça, esta gravidez está bem adiantada: três meses ou mais. Estou certo? — ele não pareceu se importar com a reclamação dela.

— Sim.

— Quem está com você?

— Minha mãe.

— O feto está bem grande — concluiu.

Virou-se para a enfermeira:

— Prepara a vagabundinha. Vamos ter que abrir.

No mesmo instante, Isabel pulou da maca e gritou:

— Vagabunda é a sua mãe! Carniceiro nojento! Ninguém vai abrir nada aqui!

Pegou a calça pendurada no cabide:

— Socorro! Polícia! — gritava enquanto corria pelo corredor.

O médico desapareceu de suas vistas; a enfermeira tentou barrá-la antes de chegar à recepção. Furiosa, segurando a calça na mão, descalça e ainda vestida apenas com o avental da clínica, Isabel gritou para as moças que aguardavam a vez:

— Vão embora! Vou chamar a polícia!

— Calma, calma... Você está muito nervosa. Vou lhe aplicar um remedinho. Vai ficar tudo bem.

Outra mulher se aproximava.

— Aplica na sua bunda! — retrucou e empurrou a primeira mulher, que se segurou no balcão da recepção para não cair. — Abre já esse portão ou a rua inteira vai me escutar gritando.

A mulher se dirigiu para o portão. Isabel foi vestindo a calça pelo caminho, seguida por Magda, que tinha assistido a tudo calada e de cabeça baixa, como que envergonhada — havia permanecido imóvel na mesma cadeira até a hora de sair.

— Mãe... eu não sei o que vou fazer da minha vida, mas o meu bebê fica aqui — a moça colocou as duas mãos sobre o ventre. — Nem que eu tenha que morar embaixo da ponte.

— Depressa, Isabel! Vamos embora — Magda ordenou, já do lado de fora. — E vamos esquecer isso tudo.

Naquele ano, o aluguel do apartamento em Campinas não foi renovado. Isabel se mudou com três amigas da antiga república para uma casinha de fundos, sem garagem, porém bem localizada. Malu não estudava mais na PUC — os pais não perdoaram sua reprovação por faltas e a obrigaram a transferir o curso para outra faculdade, mais perto de Porto Ferreira.

Isabel não contou a Wagner sobre a gravidez. Nem a ele, nem a nenhum outro colega da universidade. A moça acreditava que as roupas largas disfarçavam a crescente barriga. Talvez sim. Wagner tampouco entendeu a recusa da amiga quando foram chamados para mais um estágio na TV.

> *"Campinas, 23 março de 1981*
> *Querido pai,*
> *Sei que o que eu tenho para contar nesta carta será uma grande decepção, mas saiba: me dói tanto quanto em você. Eu estou grávida. Não foi de propósito, me perdoe!*
> *Nem é preciso entrar em detalhes. Mamãe recebeu muito mal a notícia. Pai, eu estou muito envergonhada do que estou causando a ela e à família. Aconteceu e nada pode mudar esse fato.*
> *Sei que para mim nada mais será como antes. Que minha vida a partir de agora terá um outro rumo e eu ainda não sei qual.*

Estou me sentindo muito perdida e sozinha aqui em Campinas.
A única coisa que me faz acordar a cada dia é este bebezinho que agora cresce na minha barriga.
Fique bem.
Um beijo de sua filha,
Isabel"

No mesmo dia postou a carta no correio da faculdade. Sabia que seria difícil para o pai também, embora ele sempre tenha sido mais liberal que a mãe. Justamente por isso, mais do que nunca, teria que contar com a ajuda dele.

"Fazenda Mata da Onça, 5 de abril de 1981
Isabel,
Nada vai faltar a você e ao seu filho, fique tranquila.
Por ora, termine seus estudos. Você vai precisar muito do seu diploma. E tenha paciência com sua mãe.
Não posso sair da fazenda agora. Estarei em casa antes do meu neto nascer.
Fique com Deus.
Seu pai,
Álvaro"

Magda preparava o enxoval do bebê. Providenciou um berço antigo, que enviou para lixar e envernizar de forma a instalar no quarto da filha. Encomendou pares de casaquinhos e sapatinhos de lã, biquinhos de crochê nos cueiros e fraldas.

Assim, ao chegar de Campinas, Isabel descobriu que a mãe havia mandado lavar e engomar todas as roupas do bebê, e tinha separado com capricho uma gaveta para fraldas, outra para casaquinhos e calças, e uma só para cueiros e toalhas. Todas elas, forradas e protegidas por lençóis e perfumadas por sachês de ervas.

Magda olhou severa para a filha, que encarava boquiaberta.

— Não preciso que ninguém me diga das minhas obrigações de avó, Isabel. Sei muito bem quais são elas.

CAPÍTULO 8

Pedro até que se empenhou — as esperanças de se tornar empresário não deram em nada. Em pouco tempo, seu projeto de fabricar acessórios para motocicletas se mostrou inviável, nem sequer saiu do papel. Sem uma alternativa, retomou para sondar o ponto comercial do antigo negócio de revenda de automóveis usados. O local continuava desocupado, em frente ao bar de d. Murici:

— Cara, essa é das boas — Pedro sentiu o líquido descer pela garganta.

— É, meu. Faz tempo que não pintava uma dessas. Trouxe de lá — comentou Miro sobre a cachaça especial que tinha servido para Pedro e a dona do bar, que fez uma careta e se afastou, a deixar os dois amigos no balcão.

— Você chegou quando, Miro?

— Meu, cheguei ontem da fazenda. A Clara tá aqui; eu tive que vir...

— E como estão as coisas?

— Você quer saber da Bel?

— É.

— Pô, meu, você pisou na bola com ela.

— Como é que ela está?

— A dona Magda foi foda. Quando ficou sabendo, bateu nela. O maior pau! Levou para fazer um aborto em São Paulo... Bel fez um barraco na clínica e saiu correndo, chamando a polícia. Agora ela tá em Campinas, quase não vem pra cá. A mãe dela não quer.

Pedro ouviu o relato sem fazer mais perguntas. Aquilo bastava. Pediu um favor a Miro e rapidamente foi embora. À noite, sozinho em seu quarto, não conseguiu dormir. "Covarde. Você é um covarde, Pedro Ernesto".

Na manhã seguinte, João ouvia atento as explicações do filho:

— Vou ter um filho com a Isabel. Naquele dia eu não disse... Esse filho vai ser seu neto também. E eu gosto da mãe dele. Já fiz ela sofrer bastante, não foi justo. Nunca gostei da Sônia. Casei obrigado, pai. Não dá para ficar aceitando este jogo que ela faz. Se a Isabel me perdoar, eu pretendo continuar com ela. Só que preciso também que o Marquinhos fique bem.

— Você largou essa moça grávida, Pedro Ernesto?

— Tô arrependido. Ela sempre foi importante para mim. Eu até já tentei acabar com tudo, mas não deu.

— Faça o que for melhor para você. Só cuide pra meu neto não sofrer.

Trabalhava com rapidez. Fazia as contas de quantos novelos de lã seriam necessários para a mantinha que tinha começado a fabricar. O casaco já estava pronto; depois somente faltariam os sapatinhos — os itens mais difíceis do conjunto. Tricotava enquanto via TV no sofá da pequena sala da casinha, que dividia com as amigas da antiga república. Não escutou quando a campainha tocou. Uma das moças foi atender.

— Bel, você tem que ficar calma...

— Pedro está aí fora? — como que adivinhava.

— Não quis entrar. Está esperando.

Isabel trocou o abrigo largo que usava por um vestido azul-escuro e solto, que salientava a barriga — esta pouco aparecia, embora já estivesse no quinto mês de gravidez. Soltou os cabelos, bem longos, passou rímel e batom, e correu para fora.

Pedro estava encostado no carro. Ao ver a moça caminhando em sua direção, tão bonita e a esperar um filho seu, sentiu vontade de abraçá-la.

— Perdão, Isabel! Perdoa o que eu fiz pra você.

A moça sentiu um descompasso no peito, a respiração pesada. A voz falhou. Ele, então, a abraçou por longos minutos.

— Acho que precisamos conversar — ela falou baixo ao ouvido dele, procurando parecer natural.

No quarto do hotel, Pedro confessou que havia muito tempo estava decidido a procurá-la, que Miro tinha lhe passado seu novo endereço. Contou que os planos de montar a pequena empresa não haviam frutificado, que tinha retomado a concessionária e que trabalhava muito. Não explicou por que havia agido tão friamente quando Isabel lhe dera a notícia da gravidez. Ela tampouco perguntou: entendeu que o rapaz estava arrependido e isso bastava.

— Você continua aqui em Campinas até terminar a faculdade. Depois, a gente vai morar em Santa Rita.

Isabel se deixou levar pelos planos dele. Naquele momento, sentia necessidade de alguém que decidisse por ela, que cuidasse dela. Nada mais parecia ter importância — nem universidade, nem carreira.

— Vem cá — Pedro puxou a moça para seus braços. — Você ainda não disse se me perdoou.

— Eu perdoei. Faz tempo — Isabel se aconchegou em seu abraço quente.

O rapaz seguia com a moça pela estrada esburacada, por onde passavam carroças puxadas a burro, tratores e homens a cavalo. Pelo caminho, iam comendo a poeira que não baixara desde o último caminhão que havia transitado transportando catadores de laranja.

Ela tinha acabado de chegar de Campinas; viera dirigindo a Porto Ferreira, onde ele foi buscá-la.

— Não gosto que você dirija com essa barriga, Isabel — dizia ele.

Passava os finais de semana com Pedro — ou no sítio ou em Campinas. Em duas semanas, entraria em férias e provavelmente pediria licença na faculdade. Então, retornaria para a casa da família em Porto Ferreira. Percebeu que o rapaz evitou passar por dentro de Santa Rita a caminho da zona rural, e isso lhe trouxe desconfiança. Algo não estava bem. Perguntou a ele, que foi evasivo. Fingiu estar satisfeita com a resposta.

— Nada poderia ser melhor do que eu tenho para te contar! — Sônia estava sorridente.

Depois de uma semana sem aparecer para ver o filho, mantendo contato apenas por telefone, Pedro fez de conta que nem ouviu o que a mulher tinha acabado de dizer e perguntou por Marquinhos.

— Senta e ouve o que ela tem a dizer! — João ordenou de sua poltrona.

— Ah, não... Não, seu João! Espera que eu vou buscar uma coisa — Sônia saiu balançando o quadril em direção ao quarto, para voltar logo depois. Segurava um envelope que entregou a Pedro.

— O que é isso? — perguntou Pedro, evitando pegar o envelope estendido.

— Leia — ordenou o pai, deixando transparecer uma certa ironia.

Pedro pegou o documento timbrado, com o nome do laboratório de análises clínicas e patológicas de Santa Rita, e o abriu. Não precisou de muito tempo para perceber do que se tratava. Pálido, abaixou a mão.

— É muita felicidade, não é, meu sogro? Mais uma criança para alegrar a família. Eu sabia que o meu marido ficaria feliz. Temos que comemorar! Não temos?

— Vai *prà* puta que pariu, Sônia! — esbravejou Pedro, a sair e bater a porta da frente.

Na tarde fria e preguiçosa de começo de julho, o rapaz passava a mão sobre a barriga de Isabel enquanto observavam a chuva que molhava o mato crescido e esburacava o caminho que contornava o lago.

— Quer sair logo daí, meu filho? — Pedro sentiu o bebê se mexer.

— Só mais um mês para ver a carinha dele. Depois disso, eu não sei mais nada — a moça deixou transparecer melancolia.

— Você está insegura, não está?

— Estou com medo, não sei explicar.

— Eu sei — ele abraçou Isabel.

Permaneceram entrelaçados por um longo tempo. Como que para espantar os pensamentos que penetravam o som monótono da chuva fina respingando na vidraça, ela rapidamente se levantou.

— Quero dançar com você. Vou procurar um disco — disse, já correndo para a sala.

— Bel, eu não sei dançar. Você sabe disso.

— Hoje, só hoje, você faz de conta que sabe — gritou da sala. — Tem um LP do Michael aqui.

Colocou o disco na vitrola e gritou novamente:

— Pedro, você acha justo fazer uma grávida esperar?

— Estou aqui — ele tinha chegado sem que ela o visse. — Até calcei os sapatos. A Bela aceita dançar? — galante, estendeu a mão.

— Só com você, Pedro Ernesto. Para sempre.

One day in your life
You'll remember a place
Someone touching your face
You'll come back and you'll look around you'll

One day in your life
You remember the love you found here
You remember me somehow
Though you don't need me now...

Mirava o pratinho com duas laranjas descascadas cortadas em fatias, sem vontade de comer. Com os pés, acariciava a cachorra Anna Karenina, deitada sob a mesa. As lembranças de sua última vez com Pedro lhe vinham como as cenas do capítulo da novela vistas na noite anterior.

— *Eu acho que vai ser menina!*

— *Não sei... Para mim, o que vier tá ótimo!*

— *Ah, para, vai! Todo homem quer menino!*

— *Eu não...*

Pedro mais uma vez sumira sem dar explicações: um dia qualquer no final julho, ele não ligou, nem apareceu para buscá-la. Não atendeu ao telefone que tocou, tocou, tocou. Ela sabia que ele estava em Santa Rita...

— Agora, queira a "mamãezinha querida" ou não, nós vamos desfilar o barrigão. Vamos, Karenina! — chamou ao pegar as chaves de casa.

Havia ganhado a cachorra, ainda filhotinha, de um amigo criador de cães. Por ser a menor e mais fraca de uma ninhada de cinco galgos afegãos, a pequena era desprezada por sua mãe. Diferentemente da pastora alemã Uli, Anna Karenina seria somente de Isabel. Criada na mamadeira, a filhote havia crescido e se tornado uma bonita galga de pelos longos, cor caramelo e temperamento enigmático que acompanhava a moça por todos os cantos da casa.

Passear pelas ruas da pequena cidade com Anna Karenina por vezes se tornava um transtorno, tamanha a curiosidade que despertava em crianças e em adultos — que queriam se aproximar da cadela para analisar e afagar seus sedosos e abundantes pelos caramelo. Karenina se postava ao lado da dona, como que alheia a qualquer manifestação de afeto: não latia, nem rosnava nem abanava o rabo; apenas mantinha seu olhar distante.

O obstetra, doutor Jordano, tinha recomendado as caminhadas diárias e, embora tanta exposição não fosse do agrado de Magda, Isabel as cumpria regularmente toda manhã — mesmo aos nove meses completos.

Saía para a rua segurando a guia de Karenina com uma mão e com a outra destrancava o pesado portão de ferro. Atrapalhou-se e deixou escapar a cachorra no mesmo instante que passava uma velha perua com o escapamento quebrado, a provocar fortes estampidos. Assustada, Anna Karenina disparou em desenfreada corrida em direção à mais movimentada avenida da cidade. A moça foi atrás.

Gritava o nome da cachorra ao correr o pouco que a avantajada barriga permitia. A cachorra mal desviava dos carros e escapava por entre as pernas das pessoas que, ao ver o desespero da dona, procuravam cercar o animal.

Alguns quarteirões abaixo, a cadela alcançou a avenida principal e correu por entre os carros. Tornou-se um ponto ao longe.

Resignada por estar incapaz de a acompanhar, Isabel a observava. Sem explicação, Anna Karenina ficou estática. Em seguida, voltou na mesma correria e pelo mesmo caminho.

No retorno para casa, Karenina puxava uma ofegante Isabel — que mal conseguia andar os quarteirões de subida até o portão. Chegaram à mureta que beirava a residência, onde a moça se encostou: foi descendo devagar até se sentar no chão, apoiada na companheira. Não se sabe por quanto tempo ficaram ali, calmamente recostadas sob a sombra da sibipiruna.

Todos já almoçavam quando o vizinho da frente estranhou o fato de a grávida continuar sentada na calçada, próximo ao portão. Avisou Magda.

— Estou muito cansada, mãe. Não consegui levantar e...

— Não deveria ter saído com essa cachorra. Você vai ao médico hoje à tarde — a mãe foi firme ao ajudá-la a se levantar.

— Está bem. O papai ligou?

— Ainda não.

No consultório, dr. Jordano apalpava a barriga de Isabel e auscultava o coração do bebê, mais demoradamente desta vez. Depois de muito examinar, instruiu que a moça e Magda voltassem para casa, pegassem a mala com as roupas da criança e se encaminhassem imediatamente para o hospital.

Despediu-se de Isabel naquela manhã com um gosto amargo por não ter contado sobre a gravidez de Sônia, por não ter contado que se sentia perdido, por não ter contado que estava preso à mulher e àquela vida infeliz.

No começo da noite, passou pela casa do pai para ver o filho. A mulher — que nos últimos meses tinha dado a usar vistosos vestidos estampados e a se perfumar —, tão logo escutou o barulho do carro que estacionava em frente à casa, se postou no portão. Quando ele passava por ela como se ela não fosse nada mais que um poste, Sônia deu um passo para o lado e disse sorridente:

— O jantar está quase pronto.

Ignorando a menção ao jantar, Pedro perguntou pelo filho e foi direto ao quarto do menino.

Aproveitando o momento que ele passava de volta pela sala, após se despedir do pequeno Marquinhos, a mulher disse que precisava lhe falar:

— Estou com pressa — ele foi ríspido.

— Por que você não volta para casa, Pedro Ernesto?

— Sônia, entenda uma coisa: eu não gosto de você, nunca gostei. Não quero nem ouvir sua voz!

— Eu estou grávida e seu filho precisa de você — respondeu ela, sem se alterar.

— Estou de saco cheio disso! Para de usar o meu filho pra fazer chantagem.

— É por causa da sua biscate, não é? É por causa dela! Eu sei.

— É por causa dela, sim! E sai da minha frente, que eu não quero ver tua cara.

O rapaz empurrou a mulher, que caiu sentada sobre o sofá. Pedro bateu a porta e saiu sem olhar para trás.

Por horas, Sônia chorou e ruminou a raiva. Culpou Isabel pelo afastamento de Pedro, pelo casamento desmoronado, pelo desamor e pelas espinhas em seu rosto.

Pedro caminhou até o clube, sob chuva fina e fria. Não desviava de poças, nem tinha aberto o guarda-chuva. Respingos da enxurrada barrenta acumulavam na barra de sua calça; a água que escorria pelos cabelos apagou o cigarro no canto da boca.

Ao balcão do bar ainda vazio encontrou Petrola, que comentou sobre seu estado. Ele deu de ombros, pediu uma dose, acendeu outro cigarro e fumou em silêncio ao lado do amigo. Pouco a pouco, o uísque lhe abriu a garganta, destravou a língua e esquentou sua pele, enquanto a roupa secava ao calor do bar.

— Não sei o que fazer, dr. Amadeu. Acho que nunca vou conseguir me livrar da Sônia. Mais uma vez, ela me pegou do mesmo jeito: está grávida. Não sei como caí nessa, e justo agora que eu mais precisava da separação.

— Pelo que me contou, você só tem duas saídas: abandona de vez sua mulher e aguenta toda a pressão que ela vai fazer para te afastar de seu filho e desse que vem aí, ou abandona a outra, a mulher que você gosta e que também espera um filho seu. Apenas veja: a lei não garante nada a filhos fora do casamento, nem às mães, nem a você, se for viver com ela. Infelizmente, amigo, sua única chance é fazer a Sônia concordar com a separação amigável.

— Então, não tem jeito!

— Talvez um dia, amigo. Talvez um dia.

Pouco antes de eu entrar na sala de cirurgia, minha mãe veio com a ideia que provavelmente já ruminava fazia algum tempo. Aproveitou os minutos que a enfermeira tinha deixado o quarto, depois de ter me depilado e vestido, e abordou o assunto sem rodeios:

— Sabe, Isabel, esta criança (menino ou menina) vai nascer sem pai. Vai carregar esse fardo pelo resto da vida. Eu pensei e vou falar com seu pai: nós vamos registrá-lo em nosso nome.

— Mãe, meu filho tem pai.

— Tem! Um pai que sumiu. Essa é a verdade.

— Seja o que for, mãe. É meu filho.

— Vai ser uma criança sem pai. Nem o padre vai batizar.

A enfermeira voltou para me buscar e minha mãe teve que encerrar a conversa.

O bebê parecia um bichinho enrugado e estranho, todo apertado em panos no colo da enfermeira. Dentro da minha cabeça tinha uma betoneira que girava... girava. Ao meu lado, na poltrona, minha mãe falava alguma coisa enquanto outra enfermeira abria minha camisola e puxava meu seio para fora do sutiã.

Minha boca estava seca e sentia como se houvesse lâminas enfiadas na minha barriga. Não conseguia levantar a cabeça. A moça colocou mais travesseiros e girou uma manivela aos pés do leito — que provocava rangidos e me fazia explodir em dor enquanto, aos solavancos, levantava a cabeceira da cama.

Assim pude olhar para o embrulhinho que colocaram em meu colo. Ele mexeu a cabeça, entortou levemente a boca e nesse momento abriu seus olhos. Olhei por alguns instantes para aqueles olhos escuros de cílios longos e levei ao peito a minha filha. O meu bebê, meu lindo bebê.

Olhava aquela carinha de olhos fechados, o leite escorrendo pelo canto da boca, e não sabia o que seria de nós.

Todas aquelas pessoas dizendo o que eu tinha que fazer. Dar de mamar de um peito, do outro. Arrotar. Virar o bebê de um lado, do outro. Não — barriga para cima. Não — de bruços. Virar a cabecinha para um lado, para o outro. Dar banho. Fazer curativo no umbigo. "Não se preocupe, é simples".

— Olha, querida: a primeira coisa que você tem de fazer quando sair do hospital é o registro da criança.

O médico não me dava alta. Sete dias, contando, e eu permanecia no hospital. Por volta das três serviam o chá da tarde, a melhor coisa depois da gelatina: chá quente, doce, com biscoito de maisena.

Nesse momento, meu pai chegou da fazenda — escoltado por minha mãe. Trouxe flores: rosas cor-de-rosa. Foram as primeiras que recebi desde que havia me tornado mãe. Não consegui segurar as lágrimas.

— Ah, pai, você prometeu e veio. Eu tive tanto medo.

— Não precisa mais chorar, filha. Já passou. Está tudo bem agora.

— O dr. Jordano acha que eu tenho que ficar mais um ou dois dias no hospital, por causa do corte. Minha barriga está muito inchada. A mamãe estava esperando você chegar porque ela quer registrar o bebê.

— Sua mãe falou comigo. Mas você quer que eu registre a sua filha em meu nome e no da sua mãe?

— Não, pai. Ela é minha filha. Só não sei como vou fazer esse registro. Não sei...

— E isso está te angustiando, não é, filha?

— Como eu vou chegar sozinha no cartório com minha filha nos braços, sem um pai? Todo mundo vai olhar para mim! O que vou falar? Eles vão perguntar o nome do pai... E vou responder o quê? Pai desconhecido?

— Eu bem que avisei, Isabel — minha mãe, até então calada, interferiu.

— Isabel, se esse é o motivo de tanto sofrimento, eu posso dar um jeito. Espera.

Antes do final da tarde, meu pai estava de volta. Com ele veio a moça do cartório, que trouxe um livro grande de capa preta e cinza. A enfermeira foi buscar meu bebê e me ajudou a sentar na cama. Minha mãe continuou muda em sua poltrona.

Em pé na minha frente, a escrivã abriu o livro e me fez seis perguntas: data de nascimento; sexo; nome da mãe; nome da avó materna; nome do avô materno... Nome da criança: Maria Beatriz.

Estavam todos à mesa. O telefone ecoou. Marinalva atendeu e entregou o aparelho a Pedro.

— Pedro Ernesto, é Malu. Estou ligando só para te avisar que seu filho nasceu. Se te interessa saber, é uma menina — desligou o telefone.

Devagar, o rapaz colocou o telefone no gancho e saiu. Deixou o prato na mesa. Precisava ver Isabel, precisava ver sua filha.

Em pouco tempo, estava em Porto Ferreira. Estacionou em frente ao hospital e dali avistava as pessoas que entravam e saíam. Não soube por quanto tempo permaneceu imóvel naquele local. Viu Magda deixar o lugar, carregando uma sacola; talvez fosse uma boa hora para entrar. Acendeu mais um cigarro, fumou até o toco mirando as janelas do prédio. Imaginou Isabel dormindo; imaginou Isabel amamentando sua filha; imaginou o rosto do bebê. Já anoitecia quando achou melhor ir embora.

Após alguns dias, soube por Miro a respeito do episódio do registro e de tudo o que tinha se passado com a moça e com a filha. Retirou-se para o sítio e se trancou por dois dias. No terceiro dia, sr. João foi saber o que havia e o tirou de lá.

Isabel estendeu o período de licença-maternidade e somente retornou à faculdade próximo às provas finais. Em pouco tempo, estudou para todos os exames e fechou por inteiro as matérias — é certo que alguns professores foram bem camaradas com a aluna, que não havia assistido às aulas durante aquele semestre. Ainda assim, a moça não contou a ninguém que tinha tido um bebê. Depois da última prova, não se despediu dos amigos — nem mesmo de Wagner.

Havia deixado na geladeira algumas mamadeiras, com o pouco leite que lhe restava e que tinha conseguido extrair com a bomba: o suficiente para quatro mamadas. Amanhecia quando deixou Porto Ferreira a caminho de Campinas.

Na PUC, a agente administrativa da secretaria pediu sua carteira de estudante — havia se esquecido. Forneceu seu RA (número de registro acadêmico), que sabia de cor, e esclareceu que apenas vinha para assinar o diploma — não voltaria mais. Pagou, pegou os recibos — o documento seria enviado pelos correios logo que o reitor o assinasse.

Andou da secretaria, no andar superior do prédio de Humanas, à escadaria. Passou pela cantina e pelo pátio — lugares onde, por quatro anos, tinha se encontrado com amigos, trocado ideias, traçado planos e jogado conversa fora. Apertou mais o passo. Não havia tempo para despedidas, não havia tempo para recordações — nada.

Seguiu em direção ao estacionamento, onde tinha deixado o fusca. Por sorte, não se deparou com ninguém.

Já era quase meio-dia quando chegou à república. Esperava encontrar alguma das meninas, com quem pudesse deixar as chaves e acertar quaisquer pendências. Ninguém.

Seus pertences estavam como havia largado: roupas, cadernos, livros da faculdade, discos, recortes de jornais, revistas, fotografias: muitas coisas que tinham tido importância quando as guardara e poucas que ainda teimavam em ter significado, como o primeiro número do "Maluco Beleza", uma foto com o querido Wagner no estúdio da TV e outra na rádio da universidade. Enfiou as roupas na mala e manteve as fotos. Livrou-se do resto.

Escreveu um bilhete para as companheiras.

7817422, o RA, também teria que ser esquecido. "'Todos os sonhos do mundo', garota ridícula". Acelerou. Precisava retornar a Porto Ferreira a tempo da próxima mamada.

Protegido pela penumbra e pelas paredes de madeira, o velho padre cochilava dentro confessionário. Talvez sonhasse com o sossego do Convento da Serra, vendo-se refestelado à sombra das paineiras: ao seu lado, uma jarra de suco de caju, biscoitinhos de polvilho e um bom livro.

D. Mafaldinha deu duas batidas do lado de fora e o tirou de seus devaneios. Não, não havia vindo para se confessar — na verdade tinha um pedido a fazer. Apesar de querer tratar do simples batismo de uma criança, existia um problema.

Por um lado, era um pedido desses difíceis de recusar, em parte por ser justo — disso o pároco tinha certeza, Jesus jamais negaria. Por outro, representava um grande problema para um velho padre como ele. Nos tempos antigos, já teria dito um grande e definitivo "não". Porém, agora era diferente: a realidade era outra, e a moça não era uma qualquer.

Necessitaria de muita reza para que o bispo fizesse vista-grossa para o fato de a mãe da criança estar em pecado perante a Santa Madre Igreja, e autorizasse o batismo do bebê. Pediu um prazo para dar a resposta à senhora.

Uma semana depois, convocou d. Mafaldinha. O bispo autorizara o batismo, contudo havia imposto condições. A senhora, beata que era, concordou com as determinações repassadas por padre Michelli — explicou que precisaria convencer Magda.

Saiu da igreja e foi imediatamente à casa da avó da criança — sabia o quão ansiosa ela estava pela resposta. Magda ofereceu-lhe um café e serviu um pedaço de bolo de cenoura. Esclareceu que Isabel estava no quarto com a bebê, de maneira que poderiam conversar à vontade — a moça via em tudo aquilo uma humilhação.

— Minha amiga, tenho boas notícias: padre Michelli vai batizar sua neta. Mas colocou condição.

— Como assim? — Magda se contrariou.

— Ele só pode batizar a Maria Beatriz depois da missa, quando todos tiverem ido embora. Foi o bispo que exigiu que fosse assim. Você sabe como é...

Poucos dias depois, em uma bela manhã de domingo, a pequenina Maria Beatriz — toda vestida de branco, no colo da madrinha Malu — recebeu o primeiro banho gelado de sua vida.

— Eu te batizo em nome do Pai, do Filho e do Espírito Santo — o velho padre entornou água benta sobre a cabeça da criança.

Por testemunhas: Jesus, a Virgem, São Sebastião, a mãe, a tia Clara, a babá e o primo Matheus.

Não via Isabel desde os exames finais. Mesmo então ela esteve estranha, distante mesmo. No último semestre, pouco nos encontramos. Ao final, vim para São Paulo — nem sequer me despedi. Sinto tanto!

O dia da formatura se aproximava e, após alguns meses, eu estava de volta a Campinas. Passei todas as manhãs pela porta da casa que ela dividia com as amigas, esperando encontrar Isabel ou ter alguma notícia dela. Me perdia no vaivém dos automóveis, nas pessoas que — sempre apressadas — iam e vinham. Minha insistência era maior que minha pressa...

Então me lembrei de que, no mesmo dia da manifestação dos estudantes, poucas horas antes, um cara tinha me chamado de "bambi". Bambi! Estávamos na cantina da escola; eu nem o conhecia. Em uma conversa, em tom de galhofa, ele se referiu a mim dessa forma: "bambi". Isabel ouviu e ficou tão indignada que entornou o copo de refrigerante sobre ele. Demos as costas e fomos embora.

Mais tarde, quando ela retomou o assunto, eu não quis ouvir. Verdade que não foi a única vez que fui ofendido, e por diversas vezes ela tentou fazer com que eu me abrisse. Certo dia se cansou e passou a fazer de conta que não percebia minha dor toda vez que algo do tipo acontecia. Isso, de certa forma, fazia me sentir menos mal, mesmo sabendo que ela se importava.

Na colação de grau, não apareceu nem Isabel, nem ninguém que pudesse me dar notícias dela. Queria contar a Isabel que guardo em mim todos os sonhos do mundo. Queria contar a Isabel sobre o que vivi nas férias antes daquele último semestre de universidade.

Retornei para São Paulo com um peso no peito e uma sensação de "quem sabe um dia, a gente se encontre".

SEGUNDA PARTE

CAPÍTULO 9

Garçons circulavam equilibrando bandejas de cubas-libres, porções de provolone, batata e cerveja. Era noite de sábado, dia de música ao vivo no Barbacana.

Da manga rosa quero o gosto e o sumo
Melão maduro, sapoti, juá
Jabuticaba, teu olhar noturno
Morena tropicana, eu quero teu sabor
Ai, ai, ioiô

Financiado pelos pais de Isabel e Malu, o bar já era sucesso havia quase um ano. As duas tinham pagado o investimento e o lugar começava a dar lucro. Malu recebia os clientes e Isabel fazia o caixa.

Atrás do balcão, Isabel observava todos que entravam e saíam. Seus cabelos bem curtos evidenciavam o pescoço longo; a calça de cintura alta mostrava que estava mais magra. A noite era fria e o bar enchia e se animava cada vez mais.

No fim da noite, quando a banda havia silenciado e no lugar restavam apenas os amigos mais próximos reunidos em uma mesa de canto com as duas proprietárias, um deles contou que a vizinhança tinha entregado à prefeitura um abaixo-assinado pedindo o fechamento do Barbacana. Os vizinhos reclamavam do barulho dos carros que estacionavam nas imediações e do comportamento "desrespeitoso" de alguns frequentadores.

— Estamos nos anos oitenta! Do que estão falando?

— Bom, não sei se é verdade. Disseram que viram dois caras se beijando lá na salinha do fundo — informou um amigo.

— O que é isso? Tudo bem, o filósofo e a turminha dele costumam ficar na saleta. Daí a se beijarem na frente dos outros clientes é diferente — contestou um segundo amigo.

— Bando de gente careta — desabafou Malu. — Mas o que a gente vai fazer, fechar a salinha? Isso seria humilhante para eles.

— De jeito nenhum. A salinha continuará aberta — resolveram as proprietárias, em uníssono.

O tal abaixo-assinado pedindo o fechamento do bar foi entregue ao prefeito com 219 assinaturas. No dia seguinte, outro abaixo-assinado também foi entregue a ele: com 348 assinaturas, pedia a permanência do Barbacana. O prefeito engavetou os dois.

Naquela terça-feira, dona Rita — a cozinheira do bar — foi à maior quitanda da cidade abastecer a cozinha de batatas, tomates, pimentões e afins. Percebeu que corria à boca pequena um mexerico com o nome de uma patroa e o pediatra bonitão que Isabel estava a namorar. Dias antes, havia ouvido no mesmo lugar comentários maldosos sobre Malu e o aluno de música, um menino menos privilegiado que essa patroa ensinava durante as tardes — ao piano do bar.

A *estória* mais recente tinha se iniciado sexta-feira, em que Isabel saiu do Barbacana de madrugada e passou pelo pronto-socorro para ter com o namorado, que dava plantão. No dia seguinte, fofoqueiros espalhavam que os dois haviam sido vistos transando em uma maca. "Mentira inventada por alguma invejosa mal-amada", desconsiderou Isabel que — acostumada a mexericos — não se importou de início.

De toda forma, o médico — que era contratado do hospital e chefe da pediatria — foi afastado do cargo que tinha ocupado por quatro anos. Teve, por fim, que se mudar de Porto Ferreira.

Seis latinhas de cerveja estavam cuidadosamente enfileiradas paralelamente sobre uma bancada de metro e meio de altura, à frente de uma parede alta. A dez ou vinte metros de distância, Clara mirava e atirava com a velha winchester do avô. Isabel portava uma taurus.

Enquanto treinavam, a moça contava ao pai sobre os problemas do bar. Clara apontava a espingarda, disparava e acertava uma latinha e depois outra: quase não errava. Isabel, de três tentativas, acertava uma: não gostava desse treinamento — somente fazia porque Álvaro achava necessário.

Foi ali que surgiu uma ideia para resolver o problema de imagem do Barbacana. Seria praticamente um tiro no alvo. Restava apenas colocar em prática.

Logo na semana seguinte, Isabel e Malu meticulosamente elaboraram uma lista de convidados. Criaram um motivo — e precisava ser um bom motivo. Por fim, organizaram um jantar caprichado no bar.

Para a noite especial, espalharam arranjos de flores pelo salão. Nas mesas para trinta convidados pagantes usaram toalhas brancas, pratos de porcelana, taças de água e vinho e pequenos castiçais com uma vela alta ao centro.

Às oito da noite, as velas foram acesas e a pianista tomou seu posto. Os convidados começaram a chegar: juiz e esposa, prefeito e esposa, presidente do Rotary Clube e esposa, presidente da Câmara dos Vereadores e esposa, diretor da escola e esposa, gerente do banco do brasil e esposa, os pais de Malu, os de Isabel, a dona da fazenda de laranja, o dono da fábrica de farinha, o da olaria, o da padaria e por aí seguiu a lista. O bom motivo era uma homenagem ao dr. Jordano, pelo dia do médico.

No sábado seguinte, na primeira página do semanário *o ferreirense*, uma foto e a manchete: "Jantar em homenagem ao Dia do Médico reúne VIPs no Barbacana".

Depois disso, a cozinheira voltou à quitanda e o que ouviu foram elogios à comida, ao ambiente e às proprietárias do lugar.

D. Rita assava um bolo de chocolate na cozinha para Isabel cobrir e enfeitar com confeitos coloridos. Os brigadeiros já estavam prontos e enrolados em forminhas cor-de-rosa. A moça e Malu sopravam balões coloridos que uniam um ao outro com barbante, a formar cascatas penduradas do teto, e a menininha brincava andando de lá para cá, a espalhar as bexigas ainda soltas. A pequena Bia fazia um ano.

— Bel, eu não queria falar... Vou falar. Vi o Pedro Ernesto ontem.

— Onde?

— Ei! Não precisa perder a cor, calma! Eu estava saindo do banco do brasil, ele estava entrando. Não me viu.

— Ah — suspirou. — E como ele estava?

— Igual, não mudou nada.

— Sabe... Às vezes, quando estou aqui neste balcão, fico imaginando que ele vai entrar por aquela porta, me pedir perdão e tudo vai voltar a ser como antes. Que idiota eu sou. Aquele canalha, covarde!

— Deixa para lá, Bel! Vamos terminar de enfeitar o salão.

O remédio para a imagem do Barbacana teve prazo de validade. Seis meses após o jantar em homenagem ao médico, foi legislada a demarcação da área para bares e restaurantes no quadrilátero central de Porto Ferreira: o bar teve o alvará cancelado por estar dentro da área proibida.

Malu e Isabel fecharam o lugar. Venderam as mesas, as cadeiras, o *freezer*, a geladeira, o fogão, todo o estoque de bebidas e pagaram todos os funcionários. O pouco que sobrou, dividiram entre elas.

O piano, Malu levou de volta para a casa dos pais.

De olhar perdido, alheio a qualquer outra coisa, Álvaro roçava o indicador entre o nariz e a boca ao somar e subtrair mentalmente o custo das sementes, dos insumos e outras dívidas. Da poltrona da sala, nem percebeu quando Isabel entrou com Maria Beatriz no colo. A moça indagou sobre o motivo de sua preocupação.

— A safra do ano passado não foi boa e a deste ano foi pior. A praga comeu tudo. Tive que vender a fazendinha pra pagar financiamentos e os empregados. O banco me tomou uma semeadeira. Ainda vou ter que vender um trator novo que acabei de pagar.

Conforme falava, o pai parecia mais cansado. Para a moça, era uma imagem cada vez mais distante do homem dinâmico que ela conhecia.

— Isso quer dizer que nós estamos falidos?

— Quase, filha... Quase — pousou as mãos com os dedos entrelaçados sob o queixo. Respirou fundo e continuou: — Não vai nos restar muita coisa além da Mata da Onça, que produziu muito pouco, e alguns imóveis de pouca monta. Mas você tem uma filha para criar, e tem um diploma. Não desista, Isabel. É só o que eu peço.

"Porto Ferreira, 15 de junho de 1983

Pai,

Pensei muito depois que você voltou para a fazenda. Para mim é muito difícil deixar a Maria Beatriz e ir para onde quer que seja procurar um emprego. É pior ainda ficar por aqui vivendo da forma como estamos vivendo: sem dinheiro, sem nenhuma perspectiva de trabalho, sem sossego — porque a mamãe agora deu de me chamar de preguiçosa e vagabunda. O pior de tudo é a sensação de que, se eu não fizer alguma coisa agora, será tarde.

Guardei o pouco dinheiro que sobrou da venda do bar e tomei uma decisão: vou para São Paulo. Não tenho ideia de trabalho por lá; vou procurar. Vou ficar em um pensionato na alameda Jaú que a tia Heloísa descolou para mim. A localização é ótima,

como você viu. É um pensionato de freiras, tem café da manhã e almoço. A Clara vai cuidar da Biazinha e toda sexta à noite virei para cá de ônibus passar o fim de semana com ela.
Pai, eu espero que você esteja mais animado que da última vez que esteve aqui, que encontre uma solução para esta praga que está consumindo a lavoura, e que aprove a minha decisão.
Fique bem.
Um beijo,
De sua filha,
Isabel"

"Fazenda Mata da Onça, 29 de julho 1983
Minha filha,
Fizemos alguns progressos com um novo método de controle da praga, mas ainda não acabei com ela.
Estamos preparando uma nova área de terra boa para o plantio da safra com sementes mais resistentes. Espero que para o ano possamos colher o milho livre dessa praga, embora em menor quantidade, já que é lavra em terra pequena.
A sua decisão de procurar emprego fora é o que tinha que ser feito. Porto Ferreira não é lugar para você.
O país está em crise, tem inflação, mas você é jovem e inteligente. Logo vai encontrar uma boa coisa. Clara gosta muito da Biazinha. Ela vai ficar bem.
Isabel, você tem que levar a sua 22. É pequena e cabe escondida no fundo da sua bolsa. São Paulo é perigosa. Você é moça, tem que estar prevenida.
Fique com Deus.
Seu pai,
Álvaro"

As duas moças sentadas no balcão do Empório Flor do Cerrado sorriram uma para a outra ao verem Pedro Ernesto entrar e pedir um refrigerante, "bem gelado". Era fim de tarde; o calor, sufocante. O rapaz perguntou por Murici ao menino que atendia no balcão:

— Ela não está. Volta logo.

— Diz que vim aqui só para contar pra ela que vou reabrir a concessionária no mesmo lugar. Não posso esperar.

Uma das garotas, sentada na banqueta ao lado, usava um vestido vermelho curto e cochichou algo ao ouvido da outra. Tinha o cabelo frisado, comprido e preso por fivela brilhante apenas de um lado. A segunda olhou de soslaio e riu, balançando os cabelos arrepiados no alto da testa.

Pedro terminava o refrigerante e se levantava. A garota de vestido vermelho oportunamente derrubou o maço de cigarros. O rapaz o pegou e colocou sobre o balcão. A garota se levantou e agradeceu, enquanto roçava levemente os seios no braço dele. Nesse momento, a outra o convidou para se sentar com elas.

— Vocês são lindas... Eu tenho que ir agora — declinou com um sorriso.

— Ah, não! A gente não conhece ninguém aqui nesta cidade. Fica um pouquinho. A gente é boazinha — a de vermelho levou o indicador à boca.

— Desculpem, meninas. Tenho mesmo que ir — Pedro se desvencilhava e caminhava em direção à porta.

— Moço, se você é casado, fica tranquilo que a gente não conta pra ninguém. Você gosta de mulher, não gosta?

O rapaz escutou a risada alta das duas e seguiu para a rua.

Fato foi que a menção de ser casado e a pergunta maliciosa despertaram em Pedro uma força adormecida, uma vontade de solucionar pendências que — reconhecia — "empurrava com a barriga".

Após alguns passos, cheirou a manga da camisa: sentiu o perfume barato impregnado em sua roupa e em sua pele. No banho, se ensaboou duas vezes para seu encontro de logo mais.

Alta, de vestido preto pouco acima dos joelhos que realçava a pele clara e as pernas de bailarina, alegre, Mônica deu a mão a Pedro para entrarem no restaurante. Não fosse por sua felicidade exacerbada, ela perceberia que a mente dele estava em outro plano.

A professora de dança era bonita pela delicadeza com que se expressava, a forma como prendia o cabelo em um coque baixo, o andar elegante, a graça contida. O rapaz a havia conhecido quatro meses antes e gostava de sua companhia uma ou duas vezes por semana, não mais que isso.

O casal escolheu uma mesa perto da janela que dava para a rua. Ele afastou a cadeira para a professora e se sentou de frente para ela. Um vento fresco entrava pela janela. Mônica ajeitou um fio de cabelo e procurou a mão dele por sobre a mesa.

— Você está distante, Pedro. Está tudo bem?

— Desculpe, não é nada. Vamos pedir.

Ela se esforçou para manter uma conversa. No entanto, o jantar regado a vinho tinto transcorreu quase em silêncio. Pedro pediu a conta e, alegando cansaço, informou que a levaria para casa.

— Sei que você não está cansado — protestou, contrariada.

— É uma coisa que tenho que resolver. Não tem nada a ver com você — ele desligou o carro na porta da casa dela e acendeu um cigarro.

— Você vai resolver isso hoje?

— Eu preciso pensar, Mônica.

— Tudo bem. Se você está me dispensando, eu entendo. Não vou insistir — pegou na maçaneta da porta para sair do veículo.

Pedro segurou seu braço.

— Desculpa. É que nem tudo dá para explicar direito. A questão é que eu tenho assuntos que não resolvi no tempo certo; deixei pra lá. E hoje, por causa de uma bobeira que aconteceu, comecei a pensar. Não foi nada de importante; só serviu pra me lembrar dessas pendências na minha vida.

— Pedro, eu entendo que você tem problemas. Mas preciso saber como fico nesses seus planos.

— Fica assim. Não tá bom?

— Quero saber se você gosta de mim.

— Mônica, eu gosto de sair com você, conversar com você. A gente se dá bem na cama. Isso não é gostar?

— Não é desse gostar que eu estou falando.

— O que você esperava?

— Nada, Pedro, nada. Só prefiro não te ver mais — abriu a porta do carro e saiu sem olhar para trás.

O cheiro da casa vazia não incomodou. Chamou o velho cão para dentro e ligou a TV. Talvez sentisse falta de Mônica na sexta que viria, talvez não.

Marquinhos vinha com uma bola na mão e, com a outra, empurrava a bicicleta. Ele se atrapalhou para abrir o portão da frente da casa do avô. Pedro acabava de estacionar o carro.

— Pai, veio cedo hoje! Estou indo jogar com meus amigos lá no campinho. A mamãe saiu com a minha irmã. Você veio falar com ela?

— Não. Vim falar com seu vô.

— O vovô tá lá dentro — gritou o menino, já montando na bicicleta e saindo em disparada.

O jornal aberto sobre a mesa da cozinha mostrava a queda de 11% em um ano da produção industrial e uma inflação que chegava a 100%. João mostrou ao filho e comentou sobre a crise:

— Vai ser uma quebradeira!

Na certa, afetaria o comércio de carros de Pedro. O rapaz explicou que isso também o afligia, porém estava lá por outro motivo, bem mais importante.

— Eu vim pedir sua ajuda, pai. Quero me separar definitivamente da Sônia. Chegou a um ponto que não tem mais por que adiar.

— Não sei como te ajudar nisso, Pedro Ernesto. Ela disse que não aceita. E agora são *duas* crianças.

— Pai, espera. Me ouve: não são duas crianças, são *três*. E uma eu nem conheço. A mãe dela nunca me cobrou nada. Só que eu não tenho o direito de chegar e exigir conhecer minha filha. Pensa, pai, é sua neta também. A Sônia não gosta de mim; ela gosta é desse conforto que o senhor dá: casa bonita, carro, as coisas que ela pode comprar com o seu dinheiro. Ela não ficaria comigo se não fosse pelo seu dinheiro. Eu não tenho nada... Faz tempo que nem moro mais aqui. Estava saindo com a Mônica. Ela disse alguma coisa? Não! Finge que não sabe. A Sônia tem raiva é da Isabel, da mãe da minha filha. Ela só quer estragar minha vida. Nunca vai me deixar em paz. Aqui ela tem tudo que quer.

João requereu um tempo para refletir. Dias depois, chamou Pedro e mandou que contratasse um bom advogado.

Os olhos de Isabel deveriam estar vermelhos e inchados quando apertou a campainha ao lado da porta de madeira encravada na parede alta. Naquele momento, mais uma vez pensou em desistir. A porta se abriu rangendo alto e uma mulher, que mais parecia um cobrador de ônibus às 6 da tarde de tão mal-humorada, mandou passar.

A pouca luz do lustre que pendia do teto mal iluminava o recinto de paredes revestidas até a metade com madeira escura, chão de ladrilho hidráulico e bancos de imbuia; no canto, um balcão também de madeira e, sobre ele, um telefone e um caderno. Ali a mulher conferiu os dados da moça e disse que ela aguardasse enquanto acionava um interfone.

Minutos depois chegou Irmã Francisca — pequena, de pele muito clara e olhos apertados, encoberta por um hábito cinza. Apresentou-se como uma espécie de gerente do lugar e falou, com sotaque espanhol carregado, que mostraria à moça os aposentos. No mesmo instante, saiu caminhando em passos miúdos e silenciosos.

Isabel foi atrás, levando sua mochila — constrangida pelo *toc-toc* do salto de sua bota, que ecoava pelo corredor sombrio. A irmã como que deslizava, arrastava o hábito enquanto passavam por infinitas portas, algumas entreabertas, por onde a moça pôde vislumbrar quartos compridos e tão estreitos em que só cabiam uma cama encostada na parede e, ao lado, uma mesinha. O corredor mal iluminado, com velas postas em pequenos oratórios, pendurados no alto da parede e com cheiro de cera e fumaça, parecia não ter fim.

Então, chegaram a um grande quarto — tão grande —, de pé-direito alto e janelas na lateral. Mais parecia um salão. Possuía tantas camas estreitas, precisamente enfileiradas e arrumadas, que Isabel não conseguiu contar de uma olhada apenas.

— Esta é a sua — a irmã apontava para o segundo leito, o único sem a colcha padrão, da quinta fileira de cerca de seis camas. — Você deve mantê-la sempre arrumada, como todas as outras. Aquela porta, número 53, é o guarda-roupas — referia-se a uma minúscula abertura no armário que ocupava toda a parede de fundo do quarto. — Não trancamos nada aqui. Seja bem-vinda.

Saiu antes que a moça tivesse tempo de expressar qualquer coisa. Isabel deixou a mochila sobre a cama e foi atrás dela. Não se importava mais com o salto da bota, se fazia barulho ou não.

Encontrou a irmã de volta na recepção e viu nela a mesma cara da imagem de Santa Rita de Cássia da igreja de Porto Ferreira. Nessa hora, respirou fundo e fez também sua melhor cara de Santa Izildinha.

— Irmã Francisca, eu não vou me sentir bem naquele quarto com tantas camas. Quando minha mãe ligou para conversar e reservar lugar, disseram que seria um quarto com mais duas meninas.

— Nós estamos com dificuldades de vagas.

— Quando eu reservei, não foi isso que disseram, irmã — a essa altura, já tinha se esquecido de sua cara de santa.

— Me diga uma coisa, menina: por que você está em São Paulo?

— Eu acabei de me formar e meu pai só me deixou vir se fosse para morar aqui. Minha tia, irmã dele, também morou aqui quando moça — inventou essa tia de última hora.

— Ah, sim! O que o seu pai faz?

— Meu pai é fazendeiro. Cria gado e é agricultor.

— Então, venha comigo.

Cruzaram uma saleta e saíram para um pátio, circundado por flores coloridas. Subiram uma escadaria em mármore branco e atravessaram uma grande porta de madeira entalhada. Entraram em um casarão estilo neoclássico, que a irmã chamou de "Anexo II", passaram por um grande salão vazio de pé-direito duplo. Ao fundo existia uma escada larga, que se abrindo em curvas dava acesso ao segundo andar. A irmã descerrou uma nova porta e perguntou:

— Este está do seu agrado?

Era um quarto grande e branco. Havia três camas dispostas uma ao lado da outra, três armários de bom tamanho, três mesinhas e uma TV; na parede do fundo também havia venezianas pintadas de verde-claro, que se abriam em pares com vista para o jardim.

— Está sim, irmã.

— As portas dos quartos e armários não têm trancas. A portaria é fechada às onze da noite: quem chegar depois fica para fora. Temos uma cozinha que serve a todas do andar: vocês podem guardar coisas na geladeira e fazer café, chá, esquentar uma comida. Café da manhã e almoço, no refeitório lá embaixo.

Isabel foi buscar suas coisas e arrumou no armário. Fez a cama, tomou um banho e saiu para reconhecer as redondezas. Subiu a Augusta até a Paulista e entrou no Conjunto Nacional. Parou na Livraria Siciliano e folheou alguns lançamentos.

Na calçada, era somente mais um caminhando. Retornou à padaria na esquina de frente ao pensionato, onde lhe serviram o pão com manteiga e o café com leite que pediu. Ninguém falou com ela. Então se perdeu na vitrine de doces.

Risadas de criança, mesa bagunçada e brinquedos espalhados no tapete da sala povoavam os pensamentos de Isabel, que rapidamente enxugou as lágrimas quando escutou passos e uma conversa animada na escada. Não demorou e outras três moças surgiram na cozinha.

— Eu estava me sentindo muito triste aqui sozinha, até que vocês chegaram. Este lugar é muito grande e assustador — confidenciou sem demora, após as apresentações.

— Olha, você vai se acostumar. Somos cinco aqui no andar. Aqui só é triste nas férias, quando todo mundo volta para casa — rebateu uma delas.

— Achei estranho a irmã me mostrar aquele quarto cheio de camas e logo depois me transferir pra cá.

— Lá ficam as moças que vêm do interior para trabalhar em casas de família e aqui, as estudantes. Aqui tem que ter carta de apresentação.

— Não está fácil arrumar vaga no pensionato. Você deu sorte, Isabel.

"São Paulo, 15 de maio de 1983
Pai,
Estou morando num pensionato de freiras. Aqui tem horário e regra para tudo. Só não levanto cedo para rezar na capela porque isso já seria demais. É mesmo um convento, mas ficamos em uma parte separada das irmãs.
O pensionato foi criado pelas freiras italianas no começo do século para atender os barões de café que mandavam suas filhas para estudar na capital e, é óbvio, contribuíam com grossos donativos para a igreja. Por muito tempo foi apelidado de Covil das Virgens!

Claro que tive que contar algumas mentirinhas para arrumar uma vaga aqui.
O café da manhã é um supercafé: leite, café e suco à vontade. Cada uma tem direito a duas bisnagas de pão com manteiga e mais uma fruta, que pode ser banana, maçã ou mamão. O almoço também é ótimo. Tem também sobremesa — sinto até que estou engordando. Para não gastar com o jantar, levo uma porção do almoço e coloco na geladeira para esquentar à noite, ou então pego um pão do café da manhã.
Compro o jornal todos os dias. Às vezes leio os classificados na banca mesmo. Ando muito, evito pegar ônibus ou metrô. Fui a algumas agências de emprego aqui por perto, preenchi fichas e abri meu leque de pretensões.
Já faz duas semanas e até agora não achei nada na minha área. Penso na minha filha e tenho vontade de voltar... Sei que devo ser forte.
Espero que tudo esteja melhor por aí.
Um beijo,
Isabel"

O bebê levantava os braços e batia com as pequenas mãos na bandeja enquanto engolia a maçã triturada que a empregada oferecia às colheradas. Ao lado, Sônia segurava a revista *cláudia* de dois meses antes — que encontrara sobre a mesa — e lia a matéria de capa: "Sexo à flor da pele".

— Marinalva, minha filha tá dormindo bastante, né?

— Hoje ela dormiu só uma meia hora depois do passeio, d. Sônia.

— É? E você tá com tempo de sobra pra ler revista?

— Tô não, d. Sônia. A senhora é que não tava em casa. A vizinha colocou a revista no lixo. Daí, eu peguei pra levar pro meu filho. Ele gosta da Xuxa e tem foto dela na capa e dentro.

— Minha nora deu pra ler essas bobagens agora? — perguntou João, a espiar a revista por cima dos ombros de Sônia assim que entrou na cozinha.

— Não, seu João. Não é nada disso que o senhor tá pensando. É um assunto feminino.

— Ah, conselhos femininos. Eu tenho um conselho melhor para lhe dar, filha. Termina de ler sua revista, depois vem falar comigo na sala.

João se retirou.

— Veio alguém aqui? Você sabe de alguma coisa, Marinalva?

— Não, senhora.

Sônia preparou uma xícara de café com três gotas de adoçante e se dirigiu à sala. O velho estava em sua poltrona com a televisão ligada no jornal da manhã. Logo que Sônia entrou, ele pediu que desligasse a TV e aceitou o café.

— Você sempre sabe do que eu preciso, minha nora. Vou sentir muita falta disso.

— Como assim? Não estou entendendo! — sentou-se no sofá ao lado.

— Você e meu filho são casados, têm dois filhos. O Pedro agora parece que está criando juízo e... Você ama meu filho, não ama?

— Claro! O senhor ainda tem dúvida?

— Não. É justamente por isso que eu quero que você vá morar com ele no sítio.

— O senhor acha que ele vai querer?

— Bom, os filhos são dele, não é mesmo?

— O senhor vai falar com ele?

— Vou, hoje mesmo.

— Estou tão feliz. Vou contar pro Marquinhos! — ela se levantou.

— O Pedro ainda tá indo razoavelmente bem com a loja de carros. Acho que, com o que ele está tirando, vai dar pra sustentar todos. Não vai ter os luxos daqui de casa, mas cada um tem que viver como pode.

Sônia pediu licença para buscar mais café. Demorou mais do que o necessário e voltou com duas xícaras. João colocou a sua na mesinha ao lado; não bebeu.

— Então, minha filha, como eu estava falando, comida não vai faltar.

— Se eu for morar no sítio com meus filhos, o senhor não vai mais ajudar?

— Não se trata disso. O que eu disse é que você tem que viver com o que seu marido pode te dar. Vai ter que cuidar de sua filha, limpar, cozinhar, lavar, passar. Não vai ter roupa nova nem salão de beleza. Pode não ter gasolina, se tiver carro pra andar.

— Onde o senhor tá querendo chegar, seu João? Eu não tô entendendo.

— Já vai entender. Você acha que tem condições de viver desse jeito com seu marido?

— Não sei.

— Se tivesse, não teria dúvidas — constatou João.

— É, acho que não.

— Então, se é assim, espere um pouco.

O sogro foi até seu quarto e voltou com alguns papéis e uma caneta, que entregou a Sônia.

— Isto é uma procuração pro advogado representar seus interesses no seu processo de separação do meu filho. Leia e assine.

— Mas como isso, sr. João? Por que eu tenho que assinar?

— Se quiser continuar tendo todo o luxo que o meu dinheiro te dá, você vai ter que deixar meu filho livre assinando estes papéis. Afinal, você acabou de me dizer que não quer ser pobre junto com ele, não é mesmo?

— Eu não vou assinar nada. Vou prà casa da minha mãe.

— Você é quem sabe. Lá também não vai ter ajuda minha. Sua mãe não tem condições de sustentar mais três bocas.

— O senhor nunca mais vai ver seus netos.

— Qual a vantagem que você leva nisso, Sônia? Nenhuma. Eu ainda entro na justiça e peço a guarda das crianças.

A nora saiu da sala sem dizer nada. Dez minutos mais tarde retornou e, em silêncio, sentou-se novamente no sofá. João havia religado a televisão e voltado a sua poltrona.

Por alguns minutos, Sônia ficou cutucando as unhas. Por fim, suspirou fundo e comunicou sua decisão: iria morar com os filhos no sítio.

Era quarta-feira, dia fraco de ofertas de empregos. Um anúncio pequeno chamou atenção. Somente quatro linhas perdidas em meio a muitas outras, a oferecer vagas para representante comercial: "Estúdio Donatto Corola oferece vaga de assistente. Início imediato".

Às oito e meia da manhã, Isabel apertou a campainha do sobrado de fachada pichada na avenida Rebouças. O acesso era por um portãozinho de ferro onde logo acima se via a placa "Estúdio Fotográfico Donatto Corola".

Um homem de setenta e poucos anos, baixinho, gordo e de calças caindo veio atender a porta. Antes que Isabel pudesse falar qualquer coisa, ele a convidou para entrar, perguntou seu nome e lhe mostrou um pequeno camarim anexo ao salão de fotos. Disse que poderia ficar à vontade.

— Olha, senhor, tá havendo um engano.

— Moça, você não veio para as fotos do desinfetante? — perguntou, intrigado.

— Não. Eu vim por causa do anúncio de emprego — tirou o jornal dobrado da bolsa.

— Ah... Estou velho, esqueci desse anúncio. Estava esperando algum rapazote para o trabalho, não uma moça como a senhorita.

— Estou precisando, seu Donatto.

— Este estúdio é muito pequeno. Aqui sou só eu. Faço algumas fotografias, como a que vou fazer daqui a pouco prà embalagem de desinfetante; produzo alguns anúncios pra jornal; fotografo mulheres que querem fotos pra mandar para namorados e maridos... essas coisas. Pago pouco.

Isabel concordou em trabalhar por vinte mil cruzeiros por semana, tão pouco que em um mês não alcançava o salário mínimo.

No salão de fotos ficavam as câmeras, luzes, rebatedores e um rolo de papel pendurado de forma que pudesse ser desenrolado a qualquer momento, transformando-se em uma grande tela branca. Mais ao fundo ficava o laboratório de revelação — um cômodo pequeno e sempre escuro —, uma cozinha e um banheiro sujo [Isabel se recusava a limpá-lo, tampouco o usava]. Quase não havia janelas. O ponto comercial era úmido; tudo ali cheirava a mofo e, às vezes, a amônia.

A moça chegava ao trabalho todos os dias logo depois do almoço, pois reservava as manhãs para procurar outro emprego. Donatto frequentemente se encontrava no laboratório, a revelar os filmes do dia anterior. Ela não tinha hora para sair, ao passo que o velho ensinava tudo que sabia a ela.

Escutou o barulho de carro velho e soube que era Pedro que voltava. Estranhou — ele nunca aparecia em casa antes das seis da tarde, quando trazia Marquinhos de volta da escola. Desligou a TV, ajeitou o cabelo e se apressou em pegar a filha, que brincava no chão da sala.

O rapaz entrou e foi direto para seu quarto. Sônia o ouviu mexer em algumas gavetas. Ele saiu e foi para a cozinha beber água. Ela escutou o barulho da porta dos fundos, que rangia ao ser aberta, e correu a tempo de ouvir o grito dele quase ao seu ouvido.

— O que é que é isso, Sônia? Que nojeira é essa? — Pedro apontou para o tanque, onde varejeiras zuniam sobre uma montanha de fraldas sujas.

— Eu não tive tempo de lavar.

— Como não teve tempo? Aqui tem fralda de uma semana. O que você está usando na menina?

Pedro já pegava a menina do colo da mulher e a colocava sobre a mesa para averiguar.

— Ela está toda molhada. O que é isso aqui? — arregalou os olhos de horror. — Você está usando um pano de enxugar louça no lugar de fralda!

— O que você quer, hein? Que eu me mate de lavar fraldas? Compra descartável.

— Você não faz nada o dia inteiro, nem comida você faz. Come pão com ovo todo dia para não ter trabalho.

— Eu fico aqui sozinha o tempo todo. Você nem liga pra mim. Tô trancada aqui.

— Ninguém tá te prendendo. Não sai porque não quer.

— Como vou, a pé?

— Pede carona ali na estrada. Sempre passa um caminhão de laranja, um trator...

— Não aguento mais isso.

— Aguenta, sim. Você não me ama? Olha que cara legal que eu sou: vou ficar com essa menininha linda enquanto você vai lá e lava as fraldas dela. Vai, aproveita que o sol está forte e dá tempo de secar.

— Você é nojento!

— Sônia, melhor você calar a boca e fazer o que eu mandei.

— Eu não vou lavar fralda nenhuma. Se quiser, lave você.

— Tudo bem. Espera um pouco.

Foi colocar a filha no berço. Na volta, pegou Sônia pelo braço e arrastou a mulher, que esperneou até o tanque.

— Você está me machucando — ela fazia escândalo.

— Não te machuquei. Mas você vai lavar isso aí agora.

O rapaz pulverizou o local com um pouco de veneno para espantar as varejeiras, pegou um banquinho e se sentou ao lado do tanque. A mulher começou a chorar e, reclamando, lavou 23 fraldas.

No dia seguinte, Pedro se aprontava para levar Marquinhos à escola. Sônia bateu à porta do quarto — tinha o rosto vermelho e os cabelos desgrenhados. Arrastou os chinelos para entrar. Ele continuou a se vestir — ignorando a presença dela. A mulher engoliu em seco e disse:

— Quero ir prà cidade. Preciso falar com seu pai.

Maria Beatriz dava pequenos e titubeantes passos por entre os canteiros de onze-horas, que cresciam coloridas na praça de Porto Ferreira. Balançava os cachinhos do cabelo loiro, preso no alto da cabeça por um laço cor-de-rosa; ia e voltava com as mãozinhas cheias de flores, que oferecia à mãe e a Malu. A cada entrega, ganhava um beijo e um abraço.

Malu, que desde que haviam fechado o bar não trabalhara mais, contava à amiga que pretendia prestar concurso para trabalhar no banco. Isabel se indignava com a decisão — se existia uma coisa difícil de imaginar era Malu atrás de um caixa contando dinheiro. Definitivamente não combinava com a personalidade dela.

— Não sou como você, Bel. Não vou me sujeitar a ganhar a miséria que você ganha e morar em pensionato. Prefiro ficar aqui. Quero ter meu dinheiro no fim do mês, só isso! Enfim, fiquei sabendo de uma coisa que vai te deixar contente: semana passada encontrei aquele cliente do bar, que eu tinha visto no banco com o Pedro. E, assim como quem não quer nada, perguntei por ele. O cara me contou que o Pedro Ernesto está separado oficialmente.

— Sério? Eu ainda não perdi a esperança de que ele venha me procurar um dia. Quem sabe...

CAPÍTULO 10

— Sr. Donatto, já faz dois meses que tô aqui. Não dá pra dar um aumento, não? Nem precisa ser muito. Está difícil para mim — Isabel aproveitava a pausa do café.

O velho Donatto colocou a caneca de café sobre o granito encardido da pia, se serviu de mais açúcar e se virou para a moça:

— Senhorita Isabel, eu sei de um jeito para você ganhar um bom dinheiro. E o trabalho é moleza.

— Então fala, sr. Donatto.

— Sabe aquele cliente do Bom Retiro, o Rosenberg?

— Aquele seboso? O que tem ele?

— Bom, ele quer que você pose como modelo das calcinhas dele.

— Estou fora. Nem quero saber.

— Ele paga muito bem!

— Por que eu, seu Donatto? O senhor, por acaso, ganha algum se eu topar?

— Ele vai pagar quatrocentos mil cruzeiros!

— Faz o seguinte: diz para ele que eu estou muito gorda — deu a conversa por encerrada.

Dias mais tarde, Donatto retomou o assunto — Rosenberg insistia e tinha dobrado a oferta.

— Pensa bem, agora ele está oferecendo oitocentos mil. É muita grana; não é fácil achar quem pague.

— Ele vai pagar exatamente pelo quê, Donatto? Só pela foto da embalagem?

— Não. Você também tem que ir com ele a alguns eventos.

— Posso dar uma resposta amanhã?

Donatto concordou em esperar pela resposta. No final do dia, Isabel se despediu do chefe com um "até amanhã". Sabia que nunca mais voltaria àquele estúdio.

À noite, no pensionato, a moça comentou com as outras que estava desempregada. Uma das colegas se lembrou da agência de publicidade de um amigo, que estaria precisando de redator.

No dia seguinte, às nove da manhã, Isabel estava no endereço na Vila Mariana. Era uma agência pequena e bem estruturada, que criava catálogos impressos para laboratórios de produtos farmacêuticos e confecções — principalmente. A moça participou da entrevista, elaborou alguns textos e foi contratada no mesmo dia.

Desde cedo, estava mergulhada no texto chato de um folheto de propaganda destinado a consultórios médicos. Sempre o mesmo enredo. De qualquer forma, procurava uma palavra mais interessante, elaborava uma frase mais criativa mesmo que fosse para falar sobre remédios.

— Isabel, o Carlão não vai poder levar o layout do folheto para o cliente das japonas, aquele coreano da 25 de Março. Você pode levar? — perguntou seu chefe, entrando na sala.

— Salvador, eu aqui sou redatora. Se você ficar me mandando levar coisa para cliente, meu trabalho vai atrasar e você vai me cobrar depois. Tenho que entregar este texto hoje à tarde. Como vou fazer?

— Entrega o texto amanhã. Preciso que vá até o cliente.

— Bom, você é o chefe aqui — e lembrou que, na semana anterior, ele lhe tinha pedido para visitar ainda outro cliente.

De fato, Isabel havia percebido a intenção de Salvador de colocá-la para fazer atendimento a clientes — função que ela detestava; tinha deixado claro desde o princípio. Indiferentemente, virava e mexia, Salvador insistia: fosse na própria agência ou fora dela, solicitava que a moça fizesse atendimentos. Muitas vezes, o pedido partia do próprio cliente; algumas, não.

Logo acima da entrada, ela viu a placa com inscrições que imaginou ser em coreano e outra, em português: "Japonas, jaquetas e guarda-chuvas Quin". Subiu por uma escada escura até um pequeno patamar onde dois homens estavam plantados, um de cada lado. Perguntou pelo senhor Quin e seguiu por um estreito corredor — que cheirava a rato — a sua sala, cuja porta se encontrava aberta.

Muitos agasalhos de nylon coloridos estavam pendurados na parede e em cabides, espalhados pelo local. Quase encobriam o homem gordo de cabelo oleoso e camisa com marcas nas axilas, que comia um salgado atrás da mesa.

— Boa tarde, sr. Quin. Meu nome é Isabel. Vim trazer os layouts que o senhor solicitou à agência — estendeu o envelope.

— Como assim? — ele nem parou de mastigar.

— Bem, são os estudos para fazer o folheto das japonas. Vim trazer para o senhor.

— Não faço negócio com mulher. Saia já daqui! — esbravejou, fazendo com que restos da empada que mastigava saltassem da boca.

— Mas, senhor... — ela desviava dos disparos de comida triturada, sem conseguir disfarçar a repulsa.

— Saia daqui. Segurança!

Os dois homens com quem ela tinha cruzado no mezanino apareceram. A moça correu, com o coração na boca, e somente parou quando alcançou rua.

Otto Meschke recebeu Isabel em sua sala de trabalho no edifício comercial de uma grande empresa no Itaim Bibi. O executivo, um homem de meia-idade, polido e culto, havia conhecido a moça na agência e, por algumas vezes, tinham conversado durante curtas pausas para o café.

Ela apresentou detalhadamente o layout para um catálogo de sandálias de borracha, um dos segmentos da empresa. Otto fez algumas alterações e, ao final, revelou que tinha outro assunto a tratar:

— Senhorita, tenho lhe observado desde a primeira vez que fui à agência e acho que você é a pessoa certa para o cargo que vou criar na empresa.

A posição era ligada diretamente ao departamento de marketing. A moça teria que fazer visitas periódicas aos maiores clientes da empresa para promover a marca, acompanhar desfiles, feiras nacionais e internacionais, além de outros eventos de moda. Também precisaria "enaltecer a imagem do produto e enviar sugestões de pauta para jornais e revistas de tendências".

— Então, o que acha?

Isabel achou excelente a proposta, embora talvez um emprego que exigisse tanto pudesse atrapalhar seu objetivo de trazer a filha para São Paulo. Ainda que fosse arriscado, preferiu contar ao empresário sobre Maria Beatriz e seus planos.

— Acredito que isso não será problema no futuro — garantiu Otto. — Assim que você começar a trabalhar na empresa, arranje uma boa babá e traga sua filha para a cidade. Garanto que o salário será bastante compensador. Daqui a um mês, entro em contato. Considere-se minha futura assistente.

Marquinhos enfiou a bola por dentro da camiseta, que prendeu no calção. Montou na bicicleta e bateu o portão, sem olhar. Estava atrasado. Até o campinho, seriam oito quarteirões de pedaladas desenfreadas.

Virou uma esquina e sentiu uma agulhada — parecia que arrancavam um pedaço de seu joelho direito. Em seguida, outra dor aguda — mais forte ainda. O menino se desequilibrou; a bicicleta virou para a direita e para a esquerda. Ele apoiou o pé. Apesar disso, caiu e bateu o joelho no chão.

— Não foi nada — esclareceu para a mulher que passava.

Levantou-se, limpou com a mão o joelho ralado e sujo de terra e saiu mancando. A articulação doía muito. Tentou pedalar. Não conseguiu.

Semanas depois, no quarto do hospital em São Paulo, Pedro aguardava com Marquinhos a hora da cirurgia. O médico havia explicado que precisava "tirar um pedacinho bem pequeno, do tamanho de um feijão", do joelho que doía — para examinar em laboratório. Os pais, um de cada lado, seguravam a mão da criança e aguardavam em silêncio.

— Mamãe, vai doer?

— Você vai dormir, meu amor. Não vai sentir nada — Sônia lhe afagou a cabeça.

— Papai, por que eu tenho que ir sozinho? Quero que você fique comigo.

O resultado da biópsia saiu uma semana depois. Pedro parou de escutar por alguns momentos quando o médico falou de maneira clara e direta que seu filho tinha câncer — insistia em ter esperanças, poderia não ser nada grave.

Se havia algo que lhe dava orgulho em sua merda de vida era seu filho: "O moleque é corajoso. Nunca teve medo de nada".

Sônia tentou abraçá-lo ao saírem do consultório. Ele sentiu pena dela. Empurrou-a e saiu. Foi esperar no estacionamento, dentro do carro — não queria que ela o visse chorando.

"Ótimo apartamento para alugar na alameda Santos. Um quarto. Prédio com garagem. Sessenta e dois mil cruzeiros e condomínio." Isabel recortou o anúncio do jornal. O imóvel era próximo ao pensionato e seria possível dar uma olhada se ela saísse mais cedo da agência, pois pegaria o metrô antes da cinco.

A mulher apertou o passo na caminhada de alguns quarteirões de subida até a estação Ana Rosa. A bolsa pesada incomodava — por sorte, não calçava saltos. Avistou em frente a um edifício na mesma calçada, junto ao meio-fio, um opala estacionado — seu bagageiro, aberto. Ao lado, um homem segurava uma mala para colocar atrás do carro. Teve a impressão de que ele já a havia notado. Precisava enxergar melhor; ainda estava distante.

Um pensamento fez seu coração bater forte, o ar quase faltar. Diminuiu o ritmo e parou por milésimos de segundo; respirou fundo e pensou estar louca, alucinada. Não. Era ele mesmo, o "seu" Pedro Ernesto.

Isabel deu mais alguns passos, olhou para dentro do carro: Marquinhos estava no banco de trás e havia uma mulher na frente. Aproximou-se do veículo e estava frente a frente com ele. Mirou intensamente; esteve quase a ponto de tocá-lo, de sentir sua respiração. Acelerou o ritmo.

Pedro, de longe, havia notado que era ela. "Isabel. Não pode ser". Permaneceu no mesmo lugar, observando-a vir em sua direção: o mesmo jeito de andar, os cabelos esvoaçantes. A mulher chegou tão perto que sentiu seu perfume. Estava ainda mais bonita. Isabel ergueu o rosto e por alguns segundos olhou em seus olhos. O homem continuou reparando enquanto ela tocou adiante, a caminhar apressada: a bolsa nos ombros, a saia a balançar com o vento.

— Papai, papai. Vamos para casa — o chamado do filho o tirou do transe.

— Vamos, meu filho.

O menino tinha tido mais um dia exaustivo no hospital: ele e uma adolescente, que vomitava sem parar e culpava a mãe por seu estado, haviam esperado por horas para realizar uma tomografia.

Na estrada de volta para Santa Rita, a imagem de Isabel se aproximando se fundia com os faróis dos carros que transitavam na direção contrária. Pedro acelerava muito, na esperança de que a velocidade apagasse a mulher de seus pensamentos.

Desceu na estação Paraíso e pegou o ônibus, já lotado àquela hora. Atravessou o Trianon até a alameda Santos. Mil coisas passavam por sua cabeça: "Meu Deus, por que não parei e perguntei qualquer coisa boba para o Pedro? Por que não fingi ser uma desconhecida, precisando de uma informação? O apartamento fica por aqui... Não consigo prestar atenção em nada. Por que não deixei a bolsa cair? Queria ter tido mais tempo. O que será que ele estava fazendo aqui em São Paulo? O imóvel para alugar é aqui, neste prédio. Achei."

O apartamento no oitavo andar estava completamente vazio e exalava tinta fresca. Passou a mão pela parede e gostou da textura. Circulou pela sala, a imaginar a disposição do sofá, das poltronas, da televisão. Abriu a janela para apreciar a vista. Se perdeu em mais pensamentos.

"Claro que ele estava saindo daquele prédio. Deve ser alguma coisa com o Marquinhos — o menino está sem cabelos, coitadinho. E aquela vaca ruminante da Sônia, no banco da frente. Se eu não tivesse passado desapercebida, ela teria feito um escândalo. Há quanto tempo não via o Pedro! Que saudade... Que brincadeira é essa, meu Deus?"

Examinou com rapidez o restante do imóvel. Um bom apartamento — pequeno, porém o aluguel cabia em seu orçamento.

Havia acabado de colocar Marquinhos na cama para dormir. Precisava refletir.

Os negócios, como de costume, não iam bem. Ainda assim, não podia se dedicar como necessário — na próxima segunda, teria que retornar a São Paulo para conhecer o resultado da tomografia que o médico havia pedido com urgência. O especialista mencionara a possibilidade de amputação.

Pedro bebia sozinho no canto do bar quando duas mãos lhe taparam os olhos e uma voz feminina perguntou:

— Adivinha quem é.

— Oi, Stela — ele se virou e sorriu amarelo.

— Bebendo para esquecer?

— Tem coisas que não tem como esquecer, nem com uma garrafa inteira.

A moça pediu também um uísque e se sentou a seu lado.

— Estou indo, Stela — tentou se livrar antes de terminar a dose.

— Posso ir com você? A gente podia curtir mais um pouco.

— Não dá.

— Qual é? Você não está tão bêbado assim.

— Não estou a fim hoje, só isso — deu meia-volta e saiu.

Dois dias depois, um sábado, Stela reencontrou Pedro no mesmo lugar. Sentou-se e novamente pediu o mesmo que ele: uísque. Na segunda dose, colocou a mão sobre a perna do homem e quase lhe sussurrou ao ouvido:

— E se a gente bebesse o último lá na sua casa?

No sítio, ele foi direto para a cozinha. Sozinha na sala, a loira de corpo bonito ligou o toca-discos. Pedro logo retornou com a garrafa e o gelo.

— Esta música eu adoro, tem tudo a ver comigo — ela dançava na frente dele.

Levava uma vida sossegada
Gostava de sombra e água fresca
Foi quando meu pai me disse:
Filha, você é a ovelha negra

— Acho que já tá bom — ele desligou o som, claramente arrependido de ter trazido a moça para sua casa.

— Ah, não! Vou pôr outra coisa, espera!

Stela sem demora olhava os discos, um a um.

— Acho que os melhores são estes aqui.

Mostrou os discos a Pedro, que deu de ombros e continuou a beber seu uísque sentado na poltrona.

— São meio velhos, mas são bons. Todos têm um nome escrito na capa: Isabel. Quem é?

— Não é da sua conta.

— Credo! Desculpa.

— Tudo bem, esquece.

— Tá, vou pôr uma romântica para dar um clima.

One day in your life
You remember a place
Someone touching your face
You come back and you'll look around...

Enquanto escutava, Pedro deitou a cabeça no encosto da poltrona e fechou os olhos.

— Ei! Tá muito louco, é? Cheirou ou tomou na veia? — gritou Stela.

— Já deu, Stela! O que você tem de gostosa tem de chata.

Pedro mais uma vez desligou o som.

— Eu sou chata ou você é um frouxo? Seu brocha!

— Pense o que você quiser.

Pegou a moça pelo braço e a levou até o carro. Iria devolvê-la onde a havia pegado na cidade.

— Se não calar a boca, te largo no meio do caminho.

— Sabe, chefe, nem vou mais reclamar desses pedidos que você me faz. Concluí que não adianta mesmo — Isabel rebateu Salvador quando ele solicitou que visitasse mais um cliente e levasse um layout.

— Cia. do Básico e Malhas, dos dois irmãos gaúchos. Você não conheceu quando estiveram aqui?

— Não lembro. Enfim...

— Demorou, mas você está entendendo, não é, redatora? — Salvador foi irônico.

— É claro.

A recepcionista conduziu Isabel por um corredor largo, revestido de linóleo branco, a um espaçoso salão que se assemelhava a um ateliê de costura. Pediu que aguardasse. O pó sobre os móveis denunciava o pouco uso das mesas próprias para corte e costura. Sobre elas, várias amostras de tecidos, e roupas prontas e embaladas. De um lado, alguns manequins sem cabeça. Encostadas na parede, abaixo das janelas, duas poltronas dispostas lado a lado. Também havia um confortável sofá — Isabel resistiu a se sentar.

Os irmãos não demoraram mais do que dez minutos. Entraram por uma porta lateral. Pareciam gêmeos: cabelos claros e compridos, olhos castanhos e muito próximos, narizes aduncos. Vestiam-se de forma semelhante e monocromática: calças, camisas e sapatos em tons de cáqui. Aparentavam quarenta e tantos anos. Um era pouca coisa mais alto do que o outro.

— Desculpe pela demora, senhorita. Uma mulher jamais deve esperar. Sente-se, por favor — um deles apontou o sofá.

Isabel preferiu a poltrona. Os dois irmãos analisaram o layout, discutiram cada pormenor. Por fim, pediram que servissem suco, café, biscoitos e insistiram que ela conhecesse a nova coleção.

— Veja a qualidade desta malha, srta. Isabel — um irmão foi abrindo as embalagens sobre as mesas.

— Tu combinas com este azul. Gostaríamos que provasse, por favor — o outro mostrou uma peça curta, azul-turquesa.

— Não. Me desculpem. Eu não sou modelo e não me sinto à vontade — protestou a mulher.

— É só um favor que estamos pedindo. Tu vais negar?

— Tudo bem. Experimento este aqui — pegou um vestido verde de algodão, o mais discreto de toda a coleção.

— Podes te trocar naquela sala — um dos irmãos apontou à porta por onde tinham entrado.

Isabel colocou suas roupas sobre um sofá. Vestiu a peça e, antes de sair, por curiosidade, abriu uma porta da parede contrária: reparou que levava a um exclusivo hall de elevador. Fechou com cuidado para não fazer barulho e saiu por onde tinha entrado.

Deu apenas alguns passos e parou no meio do salão, como uma estátua. Os irmãos batiam discretas palmas.

— Muito bonito, Isabel. Esse vestido foi feito para mulheres como tu. Não achas, irmão?

— Muito bonito, belíssimo!

— Agora experimente este, senhorita — o mais baixo entregou uma peça vermelha. — Vais nos negar só mais este favor? É importante para nós.

Ela tomou o segundo vestido sem responder. Se trocou e rapidamente retornou. Deu dois passos e parou no meio do salão mais uma vez. Ajeitou a peça decotada, que teimava em subir. "Que droga!"

— Este vestido está muito melhor. Não achas, irmão?

— Eu diria muito mais atraente.

— Tens razão. Essa é a palavra certa.

— Está bem, então. Agora vou me trocar — ela imediatamente se retirava.

— Ah... Não, não, srta. Isabel. Espere um pouco. Ainda tem este branco aqui — o mais alto lhe estendeu o vestido.

— Vocês são muito gentis, a roupa é linda, mas eu realmente tenho que ir agora — rejeitou o terceiro vestido e saiu apressada.

Despia-se de costas para a porta quando percebeu os dois irmãos, dentro da sala com ela. Gritou assustada.

— Quietinha, gostosa! — o mais baixo se aproximou. — Tu gostas, que eu sei.

Ele desafivelava o cinto e o outro, um pouco retirado, observava. Isabel deu um passo para trás e sorriu para o da frente:

— Olha, espera um pouquinho. Eu gostei de vocês, não precisa ser assim. É mais gostoso se for de boa, não acham?

Ela tentava ganhar tempo. Os dois irmãos olharam um para o outro e o que estava atrás interveio:

— A piranha está querendo enrolar, irmão. Não vês?

O mais próximo sorriu, abriu a braguilha e expôs o pênis, quase colocando-o na cara de Isabel — que terminava de se livrar do vestido vermelho.

— Olha que belezinha! Grande, né? Vem me chupar, vem! É todo pra você, gostosa! Sabes que meu irmão hoje vai ver um espetáculo aqui? — falava com um sorrisinho sarcástico. Isabel cuspiu na cara dele, porém só atiçou ainda mais o canalha.

— Prefiro quando a mulher não é fácil.

Dali, ela foi direto para o pensionato. Somente parou no supermercado para comprar álcool e vinagre.

No dia seguinte, sexta-feira, pegou o primeiro ônibus e antes do meio-dia estava em Porto Ferreira. Precisava falar com Malu, contar o que havia acontecido. Telefonou chorando para a amiga; foi encontrá-la.

— Bel, meu Deus! Eles fizeram alguma coisa? Você tá bem? — Malu interrompeu a história no meio, tamanha sua preocupação.

— Não, Malu. Eu... eu tô bem. Não aconteceu nada.

E continuou:

— Ele agarrou a minha calcinha e rasgou. Gritei e caí no sofá, sem soltar da minha bolsa. Ele tentou tirar a bolsa de mim. Eu empurrei. Consegui sacar a pistola lá de dentro. "Não se aproxima mais que eu vou atirar!". Eles começaram a rir. "A piranha acha que vai enganar quem com esse brinquedinho?" Mirei em um e no outro e, bem alto: "Vou atirar. Não estou blefando". Sem desviar a arma, recolhi a calça e a blusa. Eles se aproximavam. "Estamos brincando, srta. Isabel." Atirei pra baixo, corri e abri a porta de saída para o elevador. Apertei o botão, sem parar de apontar a arma para eles, que já estavam perto. O elevador veio, peguei e um deles forçou para entrar comigo. Atirei mais uma vez e acertei a parede em frente, e então o elevador fechou.

— Cacete, Isabel! — Malu a abraçou.

— Você acha que eles podem fazer alguma coisa?

— Não. Foi uma tentativa de estupro, isso pode complicar para eles.

— São dois canalhas, estupradores! Devem ter feito isso com outras mulheres. Estava tudo armado, eu que não percebi. O lance é que um estupra enquanto o outro assiste.

— Bel, tem um jeito de saber se eles registraram boletim de ocorrência por você ter atirado. Vou ver se aquele delegado que frequentava o Barbacana quebra esta prà gente.

Chegou à agência na segunda-feira decidida. Não se preocupou em justificar a falta de sexta — havia ido direto a Porto Ferreira sem dar satisfação. O chefe desmerecia qualquer consideração.

— Salvador, sabe os clientes que fui ver na quinta, os dois irmãos? Pois é, eles não gostaram do trabalho da agência. Aliás, foram muito arrogantes. Essa conta a SuperArt não ganhou — despejou de uma vez só. — E olha, chefe: estou indo embora. Me demito.

Nem esperou para ver a cara de surpresa de Salvador; virou as costas. Subiu rapidamente as escadas, pegou suas coisas e se dirigiu ao RH. Ao fechar o portão, tampouco olhou para trás.

Andou pela Joaquim Távora até a estação do metrô. Sentiu um aperto no peito ao passar em frente àquele prédio onde tinha visto Pedro. Pensou em todas as vezes que havia andado pela mesma rua, com a esperança de encontrá-lo mais uma vez: "Ridícula".

À noite, Malu telefonou e contou que não existia nenhum boletim de ocorrência registrado em nome de Isabel. Os sujeitos possuíam uma condenação por estupro no Rio Grande do Sul e outra denúncia em São Paulo. Milionários, sempre se safavam.

CAPÍTULO 11

Samuel percorria os corredores da empresa no Itaim. Parava a cada instante para dar “bom dia”, perguntar “como vai” e polidamente aguardava pelas respostas. Alto, de cabelos castanhos, combinava blazers bem cortados com jeans e óculos que lhe conferiam um charme genuíno.

— D. Janice, meu pai está? — se dirigiu à secretária.

— Seu pai foi com Isabel à sala de imprensa.

— ...?

— A nova assistente de marketing que ele contratou pouco depois que você viajou.

No telão da parede ao fundo era exibido o filme da nova campanha de final de ano da empresa, para Otto e alguns diretores — sentados em confortáveis poltronas na comprida mesa retangular. Próximo ao empresário, em um pequeno sofá de canto, uma mulher fazia anotações. Samuel entrou silenciosamente, fez sinal para ela e se sentou ao seu lado.

— Você deve ser a Isabel.

— Sou eu mesma — sussurrou.

— Muito prazer, sou Samuel.

— O prazer é todo meu.

Nesse momento, Otto virou para trás e faz sinal de silêncio para os dois, que se entreolharam e riram baixinho.

"São Paulo, 25 de setembro de 1983
Pai querido,
Aos poucos, São Paulo vai me parecendo menos difícil. Há dois meses comecei a trabalhar em um bom lugar, fazendo algo que gosto. Ainda não é meu sonho, mas o salário é ótimo e o ambiente também. Estou procurando apartamento e todo o mais necessário para trazer minha filha para cá. Antes do fim do ano quero estar com tudo pronto.
Pai, por que você tem demorado tanto aí na fazenda?
Beijo de sua filha,
Isabel"

"Fazenda Mata da Onça, 10 de outubro de 1983
Isabel,
Terminamos a colheita. Este ano foi bem melhor, ainda não o suficiente.
Deu para recuperar um pouco do prejuízo.
Outros negócios ainda me prendem aqui. Em dezembro estarei em casa.
Fique com Deus.
Seu pai,
Álvaro"

Samuel abriu a porta da mercedes branca para Isabel descer e entregou as chaves ao manobrista do restaurante mais sofisticado da Bela Cintra, onde tinha reservado uma mesa em local acolhedor e de frente para um gracioso jardim interno.

— Bel, hoje eu quero que você volte comigo pro meu apartamento.

— Acho que ainda não tô suficientemente bêbada — tomou um gole do champanhe.

— Não brinca. Tenho uma surpresa pra você.

Samuel acendeu a luz da sala e apontou para o sofá. Ela viu dois pontinhos brilharem entre as almofadas do enorme móvel de couro e se aproximou. Percebeu que uma bolinha preta e peluda se mexia, e era tão pequena que custou a acreditar que ali, todo enrodilhado, havia um filhote de gato.

— Ah, que linda surpresa — pegou o gatinho no colo. — Que lindo ele é. Você já colocou nome?

— Não, a surpresa é sua.

— Zumbi: ele vai se chamar Zumbi. Samuel, você não sabe como fiquei feliz com este bichano — beijou-lhe o rosto.

— Fica comigo esta noite, Bel — segurou delicadamente a mão dela.

— Será que isso tá certo, Samuel?

— Por que não? Eu tô apaixonado por você — a puxou mais para junto.

Isabel o abraçou e ele a beijou demoradamente. Abriu o zíper de seu vestido, que desceu escorregando até o chão. Desabotoou o sutiã e passou os lábios pelo corpo dela, com carinho. Delicadamente desceu sua calcinha: tirou de um pé após o outro. Nesse momento, percebeu que ela tremia e que lágrimas escorriam por seu rosto.

— O que aconteceu? — espantou-se.

— Não sei! Não sei por que tô assim. Me desculpa — ela estava em prantos.

Samuel a pegou no colo e deitou no sofá. Então a cobriu, deitou-se ao seu lado e segurou sua mão até ela adormecer.

Na segunda-feira seguinte, Isabel se encheu de coragem e foi procurá-lo. Estava determinada a se retratar pelo papelão do outro dia, em que havia deixado o gatinho — que ganhara de presente — no sofá e saído de fininho enquanto ele dormia. Pensava em convidá-lo para almoçar, tomar um sorvete, qualquer coisa para quebrar o gelo.

Entrou sorridente e decidida na sala dele. A resposta da secretária foi reta: Samuel havia pegado um voo cedo para Miami e ela não sabia quando retornaria. Isabel teve que fingir que não percebera o risinho de satisfação da funcionária ao ver sua cara de decepção.

No mesmo dia, passou um telegrama para ele: "Me desculpe. Beijo."

A menininha brincava de prender seus enfeites de cabelo nas orelhas de Anna Karenina, que parecia dormir e não se importava com tantos penduricalhos. Magda passou pelo jardim e, em tom de madre superiora, disse a Isabel que não saísse com a cachorra porque viriam buscá-la — sem demais explicações. Isabel supôs que Karenina fosse ao veterinário ou tomar um banho, qualquer coisa do gênero — de toda forma, resolveu perguntar à mãe.

Encontrou Magda lendo, no quarto. Esta, sem meias-palavras, informou que tinha doado o animal para uns conhecidos da cidade vizinha.

— Eu não acredito que você fez isso, mãe. Por quê? Aqui tem outros cachorros. Ela não dá trabalho. Vai sofrer, coitadinha. Não vou deixar levarem.

— Me deixa em paz, Isabel. Você não mora mais aqui. Eu já dei a cachorra e acabou.

— Você não gosta de mim, mãe. Você é cruel.

Pela janela da sala, Isabel viu os tais conhecidos chegarem. Magda puxava a guia de Anna Karenina, que não queria obedecê-la. Isabel chorava. Sem paciência, pegaram a cachorra no colo e colocaram dentro do carro.

A pequena Maria Beatriz, que via a cena ao lado da mãe, correu até o portão que dava para a rua. Entre lágrimas, se despediu da cadela: Karenina ainda vestia os penduricalhos que a menina havia usado para adornar suas orelhas. Nem isso amoleceu o coração da avó — esta tratou de fechar logo a porta do veículo que levou o pobre animal assustado embora.

Isabel procurou um motivo, não encontrou outro que não a vontade de uma mãe em ferir a própria filha.

Precisava dar um jeito naquilo: Clara não ficaria por muito tempo em Porto Ferreira, e as ausências cada vez mais prolongadas de Álvaro apenas pioravam os humores de Magda.

Não passou muito tempo, o telefone tocou.

— Isabel?

— Pedro! — reconheceria aquela voz nem que tivessem se passado cem anos.

— Preciso falar com você.

— Te espero hoje de noite — tentou aparentar frieza.

Naquela mesma manhã, em São Paulo, Pedro havia aproveitado o tempo que Marquinhos estava com Sônia no hospital para passar rapidamente no shopping mais próximo. Foi direto à loja de chocolates, onde escolheu uma caixa de bombons sortidos. Sabia que Isabel adorava — não teria mudado tanto assim. Em seguida, foi comprar o presente da filha: este precisava ser especial.

O homem fez a barba de três dias e vestiu uma camisa rosa de mangas compridas. A ansiedade lhe tirou a fome — não conseguiu jantar. Passou no bar do clube e bebeu somente um refrigerante.

A mulher colocou a filha para dormir. Escolheu uma roupa quase sem pretensão, não fosse pelo grande decote da blusa verde de ombros caídos. Pelos cabelos, presos no alto, até se poderia pensar que estava pronta para ir à pizzaria com as amigas. Antes de sair, abriu a geladeira e tomou meia taça de vinho branco.

Pedro estacionou o carro em frente à casa dela. Não precisou chamá-la — estava no portão e fingiu certa indiferença ao entrar e cumprimentá-lo. Ele demorou um pouco para começar a falar. Quando começou, sua voz foi firme:

— Eu preciso ver minha filha, Isabel.

— O que mudou? — perguntou em voz baixa, sem muita convicção e até com certo cansaço.

— Faz tempo que queria te procurar, só que não tive coragem. Achava que você não iria querer nem me ver. Mas aconteceu uma coisa comigo. Sabe essas coisas que acontecem que são pra fazer a gente pensar?

Ela chacoalhou a cabeça afirmativamente.

— Então, eu percebi que não dava mais para adiar, que precisava fazer isso. Na terça-feira passada, vim sozinho de São Paulo pra Santa Rita à noite. Tava muito cansado e pisei muito; não via a hora de chegar. Acho que desliguei. De repente, apareceu um cavalo na pista. Eu brequei e rodopiei. No mesmo momento, passava um caminhão. Por sorte, ele conseguiu desviar de mim. Saiu para o lado, raspando... quase tombou. Não sei como não morri. A primeira coisa que me veio à cabeça foi que eu não posso morrer sem conhecer minha filha.

A mulher engoliu em seco.

— Muitas coisas aconteceram na vida que me fizeram me afastar de você. Eu percebi que não tem nada a ver uma coisa com outra. Independentemente de tudo, sou o pai dela.

Ela havia ouvido todo o relato de cabeça baixa, olhando para as unhas meio roídas. Muita coisa tinha acontecido com Isabel também.

— Sim, você é o pai dela e me deixou sozinha quando mais precisei de você. Eu deveria sentir ódio de você por isso. Não consigo: este é o fato! Me senti muito mal naquele dia em São Paulo, quando encontrei você na rua e tive que fazer de conta que não te conhecia. Você entende a situação? Fazer de conta que você era um estranho pra mim, como se você nunca tivesse existido na minha vida, nem eu na sua.

— Desculpa. Eu também senti muita raiva de mim mesmo por ter que agir daquela forma. Precisava evitar que a Sônia fizesse um barraco na frente do Marquinhos.

— Como ele tá agora?

— Infelizmente, teve que amputar. Tá melhor. A quimioterapia maltratava muito ele. Agora não é tão agressiva. Ele tá ficando mais forte.

— O Marquinhos vai sarar.

— Tenho certeza de que ele vai ficar bom.

O silêncio disse mais que mil palavras.

— Isabel, você sabe por que eu sumi, não sabe?

Ela desviou o olhar para o chão. Respirou fundo antes de continuar a falar.

— Eu sei de tudo, Pedro. Pra mim tá sendo difícil do mesmo jeito.

— Eu sei. Também sei de tudo que acontece com você.

— Sabe? — se surpreendeu.

— Sei, Isabel, e te digo que uma hora tudo vai melhorar.

Ela sorriu e tocou em seu rosto. O sorriso se transformou em uma gargalhada:

— Pedro, você está ficando de cabelos brancos! — tocou em uma mecha de cabelos.

Foi a vez dele de rir. Fazia tempo que não se sentia assim. Lembrou-se da caixa de bombons e avisou que trazia algo de que ela gostava.

— Não vale você fazer isso comigo.

Riram juntos e, além dos chocolates, ele lhe entregou outra caixa — para Maria Beatriz. A mãe abriu e dentro havia uma delicada corrente de ouro com medalhinha de anjo da guarda.

— Não fique assim, minha Bela — percebeu que ela estava prestes a chorar.

— Pedro, eu quero que você registre a sua filha. Essa é a condição.

Voltou para São Paulo e deixou avisado que ele iria ver a filha. No meio da semana, telefonou para Clara.

— Ele veio, Bel. No primeiro dia, ficou aqui no jardim com ela. No dia seguinte, levou pra Santa Rita pra conhecer o avô. Ela passou uma tarde inteira lá com eles. Voltou ótima e cheia de brinquedos.

Samuel esteve cedo na sala de Isabel. Entrou sorridente para avisar sobre uma reunião importante no Rio, pois Otto havia sugerido que ela o acompanhasse. Seriam apenas um dia e uma noite. O hotel estava reservado. A assistente de marketing desconfiou de que a tal reunião não passava de um pretexto para terem mais tempo juntos, mas gostava.

Escolheu um vestido verde, de tecido leve e corte acinturado, trançou os cabelos, pendurou argolas douradas nas orelhas, calçou uma sandália de salto, passou um perfume suave, pegou a bolsa e desceu. Usando um elegante blazer preto e camisa chumbo, Samuel a aguardava no saguão. Havia reservado uma mesa em local discreto, mas não muito afastada do pequeno palco onde ficavam os músicos. O *garçon* trouxe um champanhe e o empresário deu sinal aos instrumentistas. O som marcante do saxofone invadiu o ambiente.

— Pedi para tocarem esse tema daquele filme antigo pra dançar com você — ele estendeu a mão. — Uma vez, ouvi você cantarolando. Acho que é um dos seus preferidos.

Isabel se emocionou com a música e a atitude de Samuel, que a abraçou e lhe beijou o rosto, encostado em seu peito, acariciando suas costas enquanto dançavam:

— Deixa eu cuidar de você.

— Acho que você merece saber por que eu comecei a chorar naquela noite, no seu apartamento. Quero que saiba que não é com você. Foi por causa de uma coisa que tinha acontecido comigo pouco tempo antes, e eu ainda não me sentia confortável.

— Você foi vítima de alguma violência, Bel?

Ela confirmou com um movimento de cabeça.

— Seja lá o que for que você tenha sofrido, tô aqui para te apoiar — o empresário segurou suas mãos.

— Samuel, você é lindo e bom. Não quero te usar pra curar minhas feridas.

— Não vou mais insistir. Mas não vou desistir de você.

Abriu o portão de casa. Deu alguns passos para entrar — parou no jardim e ali ficou por alguns instantes, a olhar pela janela. Via o homem, "o seu" Pedro, com a filha no colo. Ele conversava com Miro e Clara, e a criança segurava um cachorrinho de brinquedo nas mãos. Pedro viu a mulher pela janela e colocou a pequena Bia no chão, que foi correndo abraçar a mãe:

— Papai deu cachorrinho.

Nem em seus mais loucos devaneios Isabel teria imaginado que um dia Pedro estaria na sala de sua casa, muito menos com a gentil concordância de Magda — como contaria Clara mais tarde. Ele esperava por ela. Informou que havia tomado uma decisão, precisava conversar. Sugeriu que fossem para o sítio, acompanhados de Maria Beatriz. No caminho, narrou a semana com a filha.

— Nem me estranhou. Falei com ela, peguei no colo. E foi tudo bem, como se a gente sempre se conhecesse. Sei lá, tem coisa que não tem muita explicação. Com meu pai, ficou meio tímida. Ele confundiu a Biazinha com a Mariana e estranhou ela estar tão quietinha. Aí, eu disse que era a Maria Beatriz. Ele achou graça da confusão e percebeu que a Mariana tem cabelo mais escuro. No final, ela já saiu de lá chamando ele de vovô.

— Hoje, quando eu vi você com nossa filha tão feliz no seu colo, percebi que tudo que aconteceu de ruim entre nós não importa mais. Ela correu para mim, mostrou o brinquedo e disse "papai deu". "Papai", nunca ensinei essa palavra pra ela. Foi você. E o que está feito, está feito. Não tem mais volta, não dá pra deixar de ser pai.

— É sobre tudo isso que eu quero conversar com você.

A pequena Bia quase dormia quando chegaram ao sítio. Em poucos minutos, após mamar, dormia tranquila na cama.

— O que temos pro jantar?

— Macarrão? — ele riu.

Abriu uma garrafa de vinho, que beberam juntos enquanto preparavam a massa. Ali, naquela cozinha, parecia que o tempo não havia passado.

Depois do jantar, Isabel pediu alguns minutos para tomar banho, porque cheirava a ônibus, estrada e poeira. Tinha ido do aeroporto direto para a rodoviária. De cabelo molhado, shorts e camiseta, sentou-se na poltrona da sala ao lado de Pedro, que a esperava com outra taça de vinho.

— Bela, sei que fiz você sofrer, sei que o que fiz não foi justo com você. Pra mim também foi ruim. Eu me vi numa situação sem saída.

— Pedro, tá tudo bem. Tô tentando ser feliz sem você — não conseguia evitar que ele percebesse seus olhos marejados.

— Eu quero que você seja feliz comigo — levantou-se para abraçá-la. — Também quero ser feliz.

Devagar, levantou a camiseta da mulher e a tirou pela cabeça. Ela abriu um a um os botões da camisa dele enquanto beijava seu peito. O homem desceu o zíper dos shorts e enfiou a mão por dentro da calcinha. Isabel terminou de se despir e o empurrou para o sofá.

Estavam nus no tapete da sala, quase dormindo entre a mesinha de centro afastada, um cinzeiro cheio e uma garrafa vazia. Pedro, displicente, acariciava os mamilos dela, que estava deitada com a cabeça em seu ombro.

— Você acha que vai ser feliz aqui?

— Você tá me pedindo em casamento?

— Só vamos ter que esperar um pouco, por causa do Marquinhos. Tenho que conversar com ele, com calma.

— Sim, vamos resolver tudo com calma — já não era mais a mesma Isabel, precisava de certezas. — Então, acho que vou ser muito feliz aqui.

Marquinhos colocou o indicador sobre a pedra preta no tabuleiro. Por alguns segundos, olhou fixamente e franziu a testa. Sob o olhar atento do avô, num zigue-zague certeiro, eliminou todas as brancas que restavam.

— Ganhei, vovô — gritou, empolgado. — Agora sou o campeão-mor.

— Ainda não. Te desafio pra uma negra.

— Ok, desafio aceito. Valendo um picolé de groselha.

Pequenos momentos de alegria contagiavam o avô, que procurava prolongá-los ao máximo — fossem as partidas de damas, jogos de videogame ou desafios de palavras cruzadas. Por vezes, nessas horas, cogitava que o pior havia ficado para trás. Precisava se agarrar a essa esperança. Marquinhos estava magro, mas tinha um pouco mais de cor em seus lábios e face. Alguns fios de cabelos haviam despontado nos últimos dias, a formar uma penugem nas laterais.

Estavam concentrados na partida quando Sônia chegou, intempestivamente:

— Quer dizer que o Pedro Ernesto trouxe aquela filha bastarda pro senhor conhecer? — encarava o ex-sogro.

— Que filha bastarda que o papai trouxe, mamãe?

— Olha o que você tá fazendo, Sônia — advertiu João.

— O que foi, vovô? O que o meu pai fez?

— Foi isso mesmo, filho. Enquanto a gente tava em São Paulo, seu pai veio aqui com a bastardinha dele.

— Marquinhos, o seu pai vai explicar tudo pra você. Não existe bastardinha. Sua mãe tá falando de uma menininha que é filha dele, igual a você e a Mariana — rebateu o avô.

— Seu pai agora vive pra cima e pra baixo com aquela mulher e a filha dela. Não quer saber da família de verdade.

— Sônia, você já passou dos limites.

— Não quero saber de mais nada. Vou pro meu quarto — o menino abandonou o jogo, chorando.

— Você não tem vergonha de usar o seu filho doente pra atingir o Pedro Ernesto? — o ex-sogro foi para a cozinha. Precisava de um copo d'água.

João pediu que Pedro esperasse uns dias para conversar com Marquinhos. Ele não tinha reagido bem aos destemperos de Sônia, não queria tocar no assunto. Estava mais abatido.

Após uma semana, Pedro ligou logo cedo: avisou que iria buscar o filho para dar uma volta — um pretexto para ficarem a sós. Abatido e na cadeira de rodas, o garoto relutou em sair de casa. Reclamava que se sentia alvo de todos os olhares. O pai não desistiria. Afirmou que estava a caminho.

— Olha só isso — sr. João comentava o noticiário da TV para Sônia e Marquinhos, que estavam no sofá. — Esses ladrões não têm mais o que roubar. Roubaram a taça Jules Rimet. O seguro é de trinta milhões. O banerj tá oferecendo cinco pra quem indicar o paradeiro. Duvido. Nunca mais vão encontrar.

— O papai tá chegando — o menino escutou o barulho do carro. — Não quero sair, pai — imediatamente se opôs, ao ver Pedro abrir a porta.

— Aproveita, Marquinhos, que logo ele não vai ter mais tempo pra você — a mãe envenenou a criança.

— Qual é a sua, Sônia? Não vê que isso só faz mal para ele? — o pai quase gritou.

— Você fica pra lá e pra cá com aquela vagabunda e eu tenho que ficar quieta?

— Filho, eu quero passear com você. Só nos dois — Pedro se dirigiu ao filho como se a ex-mulher não estivesse presente.

Empurrou a cadeira por alguns metros até a praça. Por um bom tempo passearam por todos os jardins, pelas proximidades da igreja, pelo coreto, pela fonte... Ainda assim, Marquinhos continuava a aparentar constrangimento.

— Ninguém está reparando em você. É que aqui todos conhecem o papai. Então, às vezes, podem perguntar como você tá.

— Eu não gosto quando ficam perguntando.

— Você não pode ficar trancado dentro de casa. Aos poucos, as pessoas se acostumam e não perguntam mais.

O menino observava uma borboleta com um desenho azul, que parecia ter um olho na asa. Ela voava por entre as flores do canteiro que circundava uma frondosa árvore.

— Se cortarem uma asa dela, ela vai morrer, né?

— Se cortarem a asa dela, não vai ter como achar comida. Provavelmente vai morrer.

— E isso vai acontecer comigo também?

— Não, meu filho. Logo você vai sarar e poder fazer muitas coisas.

— Que coisas?

— Dirigir um carro... Só vai ter que esperar para crescer mais um pouco.

— Que mais eu posso fazer sem minha perna?

— Você pode aprender a nadar... E tem mais uma porção de coisas que vai descobrir com o tempo.

Pedro comprou um sorvete e continuou a caminhada. Estacionou a cadeira do menino de frente para uma fonte rasa, em formato circular, com jatos sincronizados que espirravam do centro. Durante alguns minutos, buscou as palavras certas. Disse ao filho que precisava falar de um assunto importante.

— Pode falar, pai — Marquinhos lambia a sobremesa.

— O papai tem uma namorada, a Isabel. Nós tivemos uma filha, a Maria Beatriz: ela é sua irmã também.

— É a "bastardinha" que a mamãe falou?

— "Bastardinha" não é nome. Isso é um jeito feio de falar.

— Desculpa.

— Mas era dela que sua mãe tava falando, sim. Filho, olha. A Isabel vai ser a mulher do papai. Ela e a Maria Beatriz vão morar lá no sítio.

— A mamãe falou que você não vai mais cuidar de mim. Eu não quero outra irmã.

— Marquinhos, eu sou seu pai. Sempre vou cuidar de você. Não é porque tenho outra mulher e mais uma filha que não vou mais de gostar de você. Sempre vou amar você, filho.

— Promete que vai ficar sempre comigo?

— Prometo. E você também tem que confiar em mim.

— Eu confio.

Era a segunda noite no hotel para os representantes do setor de Marketing e Vendas, reunidos para a convenção da empresa — seriam três dias de palestras e reuniões. Pelas paredes de vidro do grande saguão do hotel em Vinhedo se avistava a piscina iluminada, a pista de dança e os jardins de palmeiras. Os garçons circulavam de dentro para fora, servindo canapés e bebida em quantidade. Em meio aos pequenos grupos animados, Isabel conversava com Samuel e mais dois amigos. Usava um vestido rosa-pálido de corte reto e fluido, cabelos presos em um coque alto e grandes brincos de pingente — joias de família.

— Você está linda e luminosa esta noite, Bel — disse Samuel ao seu ouvido.

Um funcionário da recepção interrompeu: havia uma chamada telefônica para ela.

— Deve ser lá de casa — Isabel, ciente de que Pedro que não estava nada animado com a convenção, sentiu que era observada enquanto caminhava à entrada. Atendeu ali mesmo, para não o fazer esperar.

— Como foi a conversa com o Marquinhos hoje? — perguntou de pronto.

— Foi tudo bem.

— Hum... Não tá parecendo.

— Isabel, você não tá no quarto, está?

— Está tendo um coquetel no saguão do hotel. Eu tô com uma taça de champanhe na mão, vou beber um pouquinho e vou dormir. Amanhã acaba a convenção e volto para casa. Sinto sua falta.

— Deve ter um monte de cara olhando pra você.

— Tem! Mas nenhum deles me importa.

— Sei...

— Pedro, faz uma coisa: corre lá na sala, liga a televisão na Globo e aumenta o volume — olhava para o aparelho da recepção.

— Pronto.

— Viu a música que a Simone tá cantando agora?

— Bela, não provoca — ele riu.

Porque só faço com você
Só quero com você
Só gosto com você
Adivinha o quê?
Adivinha o quê?

Ele aguardava por ela na saleta do pensionato. Eram quase nove horas da noite, e aquilo parecia mais a sacristia da paróquia de Santa Rita do que um lugar para se morar: escuro, sem janelas e cheirando a vela. O homem olhava para a porta por onde a mulher deveria entrar, vinda dos alojamentos. Ela não esperava por ele no meio da semana em São Paulo — por isso, sabia que a namorada ficaria feliz.

Na típica e aconchegante pizzaria no Bexiga, com toalhas xadrez, recendendo a orégano, azeite e queijo derretido, o casal escolheu uma mesa de canto — um pouco afastada de grupos barulhentos e crianças. O som da tarantella abafava os risos e conversas. Duas crianças que corriam entre as mesas chamaram a atenção de Isabel: provavelmente irmãos, dois meninos pequenos. Um deles quis se esconder do outro embaixo da mesa; a mãe percebeu e o tirou de lá.

— Saudade da nossa menininha.

— Logo você vai voltar comigo pra Santa Rita.

— Não sei. Fico pensando se não seria melhor eu alugar um apartamento aqui e trazer a Bia pra cá até as coisas se resolverem.

— Não vai demorar tanto assim.

— Tem alguma coisa pegando, não tem?

— O Marquinhos tá muito desanimado. Não sei o que fazer.

Ao chegar da pizzaria e entrar na suíte do hotel, Pedro se lembrou de telefonar para a casa do pai. Pegou no telefone, pediu a ligação, no entanto o hotel não fazia interurbano.

— Vi um orelhão ali embaixo. Tenho fichas aqui — ela virou o conteúdo da bolsa, que se espalhou sobre a cama.

— Isabel, você tirou tudo da bolsa?

— Tirei. Por quê?

— Cadê a arma que você disse que carrega sempre?

— Estou segura com você. Deixei no pensionato.

— No armário sem tranca?

— Deixei escondida bem no fundo. Ninguém vai mexer.

Continuava sentada, revirando nas coisas da bolsa. Deu um grito: a subir por trás da cabeceira da cama de casal, uma barata percorria um caminho em linha reta sobre o papel de parede desbotado. O sapato do companheiro foi certeiro e a barata caiu morta no chão;

soltou a gosma escura e fétida em seu rastro. Pedro abaixou para pegar o sapato e avistou outra:

— Deixa que eu mato.

— Olha outra aqui. Mata.

— Acho que a gente vai passar a noite matando barata — ele riu.

Contou as quatro baratas mortas pelo chão. Tinha acabado de voltar do banheiro de pia de louça trincada, espelho manchado e cortina de plástico amarelado — ainda faltava uma lâmpada, o local cheirava a desinfetante barato e o papel higiênico era de quinta. No quarto, o teto descascado, paredes forradas de papel desbotado e carpete verde puído — como as coisas vinham degringolando.

— Pedro...

— Hum?

— Na saúde e na doença, na riqueza e na pobreza...

— Este último nem precisa mais fazer o teste.

Em Porto Ferreira, ele aproveitou a noite sem compromissos com Marquinhos para ver a filha. Segurava a menina no colo, a conversar com Miro e Clara na sala de Magda. Clara lhe perguntou sobre o filho.

— Teve uma boa melhora depois da amputação. Semana passada, o médico pediu mais exames: vai entrar com outra quimioterapia. Ele estava tomando uma mais fraca, ficou mais corado, até ganhou peso. Agora os médicos acham que tem que mudar de novo. Vai fazer um tratamento mais agressivo, pra ver se melhora de vez. O duro é que ele vomita tanto, sofre muito, coitadinho.

Alguns minutos depois, Clara saiu da sala, deixando a criança com eles.

— Miro, a Isabel me contou que às vezes vocês treinam tiro junto com o pai dela. Ele guarda as armas aqui?

— Aqui não tem quase nada. A maioria fica na fazenda. Por que você tá perguntando isso, meu?

— Porque ela me falou que tem uma pistola que levou pra São Paulo.

— Ah! A Bel nem sabe atirar. A arma dela tá guardada no cofre, quer ver?

— Certeza?

— Claro, te mostro.

Miro foi ao cofre e voltou com a 22 de Isabel.

— Aqui, olha — entregou a pistola descarregada a Pedro. — O pai dela queria que levasse pra São Paulo, mas esta arma nunca saiu do cofre.

Isabel havia chegado de São Paulo na sexta e escolhia uma roupa. Maria Beatriz estava pronta, de pijamas e chupeta. Vestiu um jeans largo e uma miniblusa do mesmo tecido — decotada de ombro a ombro, a descer em um profundo decote na frente e nas costas; o arremate era bem abaixo dos seios, deixando a barriga e as costas de fora.

Pedro não demorou a chegar. Entrou, pegou a filha no colo, olhou para Isabel e, antes mesmo de beijá-la, colocou o dedo no vão do decote entre os seios e perguntou se tinha faltado tecido. Ela ignorou a pergunta e, a sorrir, disse que havia comprado um novo disco para ouvirem mais tarde.

Após o jantar improvisado e depois de colocarem a filha para dormir, o casal conversava na sala.

— Bela, tem alguma coisa que você não me contou naquela história dos caras?

— De que você tá falando? — ela se levantou.

— Dos caras que quase te estupraram.

— O que tem isso agora, Pedro? Por que você tá tocando nesse assunto?

— Porque a história tá mal contada.

— Não tenho mais nada pra contar sobre aquilo.

— Por que você inventou aquela história?

— Não inventei nada. E você não precisa acreditar em mim. Não quero mais falar sobre isso — foi se retirando para a cozinha.

— Então, só me diz uma coisa — ele foi atrás. — Cadê a sua arma?

— Deixei em São Paulo. Não fico por aí andando com uma pistola na bolsa.

— Quero a verdade, Isabel.

— Você quer saber a verdade, né? A verdade é que não teve tiro, Pedro. Não tinha arma. Eu não gosto de armas e nunca levei arma pra São Paulo. Você tá me fazendo lembrar de coisas que eu não quero.

Ela correu ao banheiro para vomitar. Ele foi atrás e a ajudou a lavar o rosto. Depois, levou-a de volta para a sala, a pedir que se acalmasse.

— Não sei se tô entendendo — continuou quando percebeu que ela estava mais calma. — Se aconteceu alguma coisa, você precisa me contar.

— No dia seguinte, vim pra Porto Ferreira para contar prà Malu. Precisava desabafar. Comecei a falar; não aguentei aquela expressão de medo e pena que ela fazia. Perdi a coragem de chegar no fim. Não consegui. Ela não ia entender. Quando percebi, tava mudando o final da história. Me senti melhor assim. Foi um alívio. Daí, contei a mesma *estória* para você.

Encolhida, abraçada às pernas, a mirar os próprios pés sobre o sofá, a mulher relatou como aqueles dois sujeitos haviam aviltado seu corpo e ferido sua alma.

— Ele subiu em mim, tapou a minha boca e foi me rasgando enquanto o outro gritava: “Mais, mais!”. E foi assim, urrando feito um porco, até ele não aguentar mais.

O sujeito acabou — ela ainda se agarrava à bolsa. Contraída no chão, sangrava. “Pode ir agora, vagabunda” — cuspiu. Nem todos os banhos, nem o álcool que esfregou no corpo, nem tampouco o vinagre tinham sido capazes de tirar o cheiro que impregnava sua pele.

— Eu fui burra. Devia ter sacado a deles logo no começo. Não queria perder o emprego, então provei a roupa que eles me pediram. Estava na cara. Fui muito burra!

— Para com isso. Os caras são bandidos. Você não tem culpa de nada. Só tem uma coisa: é melhor você voltar pra Porto Ferreira.

— Pedro, eu preciso do meu salário. Não posso contar mais com o meu pai; as coisas mudaram.

— Olha tudo o que aconteceu. Vou arrumar uma solução. Que merda.

Ela acendeu um cigarro e buscou o ar fresco da noite. Precisava de tempo. Ele entendeu. Pouco depois, voltou decidida:

— Eu quero esquecer tudo isso. Acreditar no que inventei é mais fácil. A lembrança daquele cara em cima de mim... me arrebentando, me invadindo a alma... me enche de ódio, me faz mal. Prefiro ficar com esta *estória*, e quero que você também fique com ela. Além do mais, imaginar os caras baleados, sangrando, me faz um bem danado.

Ele concordou e a abraçou. Permaneceram em silêncio por um longo tempo. Isabel sugeriu abrir uma garrafa de vinho.

— Vou ficar bêbada.

Contou a ele que havia comprado o novo disco do The Police em São Paulo para ouvirem juntos. Entornou três taças de vinho e adormeceu em seu colo. Ele a carregou nos braços para o quarto.

Na casa, a mãe preparava alguma coisa para o almoço — era Carnaval e Isabel estava de folga. No quintal, Maria Beatriz ia catando pedrinhas pelo caminho e entregando ao pai.

Para Pedro, era um alívio poder passar aquele tempo com Isabel e a filha. Era como deixar os problemas para fora ao entrar em casa, sentir um sopro de felicidade. Precisava prolongar esses momentos o quanto fosse possível. Não tinha contado para a companheira que Marquinhos não andava bem. Cogitava-se um tratamento no Medical Center, em Nova York — se fosse assim, teria que ir para os Estados Unidos e ficar por lá na expectativa da melhora do filho. Sônia não dava trégua: o menino estava cada vez mais inseguro, solicitava o pai a todo momento.

Bia tirou Pedro de seus pensamentos quando viu um sapo encolhido à beira d'água. Pegou um graveto e cutucou o bicho, que saiu pulando. A pequena, divertida, foi atrás correndo, escorregou e caiu. Sujou as mãos, o vestido e o sapato de barro.

— Quem é este porquinho que andou chafurdando na lama? — a mãe viu a filha entrar pela porta da cozinha.

— Mamãe, você também é porquinho — a menina tentou esfregar as mãozinhas na roupa de Isabel.

— Não sou, não. Você vai correr pro banheiro. Senão vou te pegar, porquinha.

Sobre a mesa, uma travessa fumegante de arroz e outra de feijão, uma de salada de alface, tomate e cenoura, além de carne com batata. A pequena Bia precisava de almofadas para se sentar à mesa; já segurava a colher para comer. Quase sempre comportada nessa hora, resolveu achar que não gostava da comida amassada com garfo em seu prato.

— Filha, deu por hoje. Come antes que a mamãe fique brava com você.

— Mamãe não bate, só vovó — rebateu a menina.

— O que é isso, Isabel?

— Outro dia, a Bia e o Mateus apanharam porque quebraram um enfeite da sala. Minha mãe nunca teve paciência com criança. Não adianta falar com ela.

— A vovó não gosta de barulho nem de bagunça.

— Você precisa voltar, Bela.

— Eu vou voltar. Eu vou. Só que, hoje, quero pôr minha fantasia e pular até me arrebentar. Mais tarde a gente pensa. Na quarta-feira, tá bom?

Naquele Carnaval, ela usou uma fantasia para cada noite. Pedro nada reclamou, nem sobre os decotes, nem sobre as cavas do maiô bordado de paetês, nem sobre o tamanho dos bustiês ou das saias. Isabel circulou o salão do clube em Porto Ferreira infindáveis vezes com as amigas. Da mesa com amigos, Pedro observou — divertido. Pulava ali mesmo. Naquelas quatro noites brincaram o Carnaval, riram muito e depois caíram juntos na cama: exaustos, suados e felizes.

A ressaca da quarta-feira chegou com chuva e João batendo na porta da frente, ainda pela manhã.

Isabel escutou o som seco. Achou que estava sonhando. Como aquilo persistia, cutucou Pedro. O namorado apenas murmurou algo inaudível e virou de lado. Ela se levantou e, descalça, com os cabelos desgrenhados, maquiagem da noite anterior e camiseta do avesso, foi abrir a porta. Sr. João entrou, mal olhou para a mãe de sua neta e foi logo dizendo:

— Vocês não escutaram o telefone? Cadê o Pedro Ernesto?

— Está dormindo — supôs que aquele fosse o pai de Pedro.

— Vá chamá-lo!

Com a gritaria, o filho já tinha aparecido na sala.

— O que aconteceu, pai?

— Marquinhos não tá bem. Tá com muita febre e chorando muito, chamando por você.

— Ele piorou?

João respirou fundo.

— A Sônia disse pra ele que você não tinha viajado, que estava aqui. Mas vamos, se apresse.

Pedro trocou um olhar com Isabel, que assentiu com a cabeça, apesar de contrariada com o papelão da outra.

— Vai. Eu fico aqui esperando. Não se preocupa.

Ele demorou para retornar. Quando o fez, estava abatido e desanimado. Explicou que o filho tinha dores, febre e que precisaria levá-lo para São Paulo na manhã seguinte. Somente então contou que o médico já havia sugerido o tratamento nos Estados Unidos.

— Não sei como vai ser, Bela. Não vai ser por muito tempo... Se for o caso, a Sônia fica lá e eu volto.

A viagem e a internação de Marquinhos em Nova York foram rapidamente acertadas. Em duas semanas, Pedro estava em São Paulo a se despedir da namorada. Ambos os pais acompanhariam o menino. Porém o homem prometeu que, quando voltasse, seguiria direto para Porto Ferreira.

CAPÍTULO 12

Pela janela, Isabel mirou o relógio luminoso no alto da Paulista: seis e meia da tarde. Necessitariam levar casaco e se apressar.

— Terminei. Olha — a colega do pensionato exibiu para ela as cartolinas com letras grandes, desenhadas em caneta piloto, de "Quero votar para presidente" e "Diretas Já".

— Este 16 de abril vai entrar prà história. E eu quero fazer parte dela — pegou a bolsa para saírem.

As duas se misturaram à multidão que descia do metrô, saía dos ônibus, chegava a pé e por todos os lados. Homens, mulheres, crianças, famílias inteiras, jovens e velhos se agruparam na praça da Sé, empunhando bandeiras e faixas.

Juntos, saíram em caminhada. Passaram pela Benjamin Constant, pelo viaduto do Chá, pela praça Ramos, pela Conselheiro Crispiniano, e pela avenida São João até chegar ao Anhangabaú. O direito a um país livre era o que os unia.

— Nunca pensei que este dia fosse chegar.

— Só quem viveu a repressão é que sabe.

— Não sei. A gente não sabia de nada. Ninguém falava nada... Me lembro da escola inteira reunida no pátio pra hastear a bandeira e cantar o hino em comemoração à *Revolução* de 1964. Eu não sabia o que era a "revolução". Nenhum professor explicava direito, nem meus pais falavam sobre o assunto — Isabel confessou.

— Eu tinha uma amiga. O pai dela foi preso e nem assim a gente podia tocar no assunto. A gente acreditava que o Brasil era o melhor país do mundo, que tudo era lindo. "Este é um país que vai pra frente, ô ô ô..."

— Descobri que era mentira quando fiz uma viagem de carro pra Salvador, com 17 anos. Meu pai tinha um dodge dourado, o primeiro que ele teve. Saímos do interior de São Paulo e fomos subindo. Atravessamos Minas Gerais, passamos pelas cidades históricas até chegar à divisa com a Bahia. Fomos parar em uma cidade, ou vila, não sei. Só lembro que tinha uma espécie de praça sem calçamento e um comércio em volta, varais com peças de carnes penduradas no sol, cheias de larvas brancas rastejando, e moscas voando. Eram tantas que faziam barulho como se fossem cigarras. O meu pai foi circulando aquela praça, porque a gente estava procurando um bar pra tomar água. Quando vimos, tinha muitas crianças correndo atrás do carro. Mal vestidas, sujas, de várias idades. Paramos e elas se jogaram em cima do dodge implorando por dinheiro, comida, roupas, qualquer coisa. Por todo lado eu via gente maltrapilha, doente, esmolando. Animais famintos, fezes misturadas com restos de comida e varejeiras. Meu pai deu dinheiro e nós saímos de lá. Ele disse que aquilo era a miséria do país, a pobreza que o governo escondia. Depois daquele dia, decidi que não queria ser mais uma ignorante. Decidi fazer jornalismo pra espalhar a verdade.

— E conseguiu?

— Ainda não.

— É, Bel... Nossa geração cresceu no limbo.

Passava das sete da noite. Chegou do trabalho cansada — havia enfrentado um metrô lotado e meia hora de ônibus, com um sujeito fedido ao lado que a todo momento dava um jeitinho de roçar o corpo no dela. Pensava no chuveiro quente, no pijama, na cama limpinha após um copo de leite. Porém se deparou com Pedro, a esperar na porta do pensionato.

— Vim te buscar, Bela. Vamos pra casa amanhã.

Informou que tinha retornado no dia anterior, que estava exausto, contudo não quis esperar para buscá-la. Queria levá-la de vez para Porto Ferreira, como haviam combinado. Estava animado com o tratamento de Marquinhos em Nova York. Pensava que, embora o menino ainda sentisse muitas dores devido ao surgimento de metástase no ombro, a medicação dava resultado — além de ter menos efeitos colaterais. Lentamente, o filho ganhava peso e tinha reagido bem quando o pai falou que teria que voltar para o Brasil.

Na sexta-feira pela manhã, levou Isabel à empresa e ficou no veículo a aguardar que ela pedisse demissão.

Entrou decidida. Havia ponderado o bastante sobre suas opções: um futuro de mãe sozinha, com um ótimo emprego e uma filha para criar, ou um trabalho medíocre em uma cidade pequena, junto da filha e do homem que amava. Dirigiu-se à sala de Otto: explicou que precisava retornar com urgência a sua cidade; disse que sentia muito; agradeceu. Deixou para se despedir de Samuel por último, pois sabia que seria mais difícil.

— Quero que você saiba que estarei sempre aqui quando você precisar, Bel.

— Você foi a melhor pessoa que eu encontrei nesta cidade. Não vou me esquecer de você — deu-lhe um beijo no rosto.

No pensionato, escreveu um bilhete de despedida para as amigas. Sabia que nunca mais as veria.

Pouco antes do meio-dia, Magda escutou o carro parando em frente a sua casa. Os cachorros latiam. Não gostava de ser incomodada àquela hora — o almoço seria servido dali a alguns minutos. Largou o cigarro aceso no cinzeiro e espiou pela janela. Viu que a filha descarregava várias malas do carro de Pedro Ernesto. Esperou o veículo se afastar para ir a seu encontro:

— Você abandonou tudo em São Paulo e veio embora, Isabel?

— Era o que tinha que ser feito, mãe.

— Ah, eu quero só ver se isso vai dar certo. Você não tem juízo.

Isabel explicou que não seria definitivo, que duraria pelo tempo que Marquinhos estivesse doente. Tentou fazer a mãe compreender e apoiar sua decisão. Magda não entendeu. Poucos dias mais tarde, fez uma mala para ela e outra para Bia, pegou alguns brinquedos e colocou no bagageiro do fusca. Deu um beijo na mãe, dizendo que passaria uns dias com Pedro, e foi para o sítio.

Ele abriu a porta e sentiu o cheiro da cebola refogada no azeite. Reparou nos brinquedos espalhados pelo tapete da sala e ouviu risadas de criança. Parou para lavar as mãos e enxugou em toalhas limpas. Do corredor, enxergou a companheira na cozinha, o vaso de flores na janela, a filha brincando com o cachorro deitado aos pés da mesa — que já estava posta para o almoço —, e a comida borbulhando no fogão.

— Finalmente me sinto em casa — exclamou, a beijar Maria Beatriz.

O frio da noite, que mal havia começado, estava de gelar os pés. Era julho. A menininha se divertia a correr atrás dos vaga-lumes, com o cachorro a sua volta. Isabel tinha deixado sobre o fogão a sopa que acabara de fazer. Colocou os pratos, talheres e guardanapos na mesa e ralou o queijo. Ao ver o farol do carro à porteira, Bia gritou:

— Olha o papai!

Pedro desceu, pegou a filha no colo, afagou o cachorro e deu um beijo na mulher. Questionou-a sobre mais uma ida dela com a filha a Porto Ferreira, durante a tarde. Por mais que reconhecesse que elas passavam muito tempo sozinhas no sítio, isso o aborrecia um pouco.

— Mamãe me levou na escola, papai.

— Deixei a Maria Beatriz na escolinha enquanto fui à redação d'*o ferreirense*, conversar.

Ela serviu a sopa e tirou o pão quente do forno. Cortou um pedaço, passou manteiga e entregou à filha. Farelo se espalhava sobre a toalha e pelo chão — a menina dava de comer ao cachorro.

— Meu pai vai chegar da fazenda amanhã ou depois, e você sabe que eu preciso conversar com ele. Contar sobre nós. Por isso, é melhor eu ficar alguns dias lá em Porto Ferreira.

A ideia de estar longe da nova família, mesmo que por poucos dias, não agradou o homem em nada. Mudou rapidamente de assunto:

— Bela, pedi uma ligação para Nova York. Vou contar pro Marquinhos que vocês tão aqui. Antes que ele fique sabendo de outra forma.

— Eu nunca vou pra Santa Rita. Quem tá sabendo?

— A cidade inteira.

Maria Beatriz dormia à hora que a telefonista completou a ligação aos Estados Unidos. Isabel ficou ao lado, a ouvir o companheiro falar com o filho.

— Papai queria te contar que a Isabel tá morando aqui no sítio. / Sim, ela tá aqui também... / Não, eu não vou esquecer de você. / Não, isso não vai acontecer. / Vou, eu vou logo ficar com você. / O papai ama muito você. / Tô aqui porque preciso trabalhar. / Prometo que vou logo.

— Ele chorou? — a namorada perguntou assim que desligou.

— Não.

— Não fica assim. Ele vai sarar

— É, um dia tudo isso vai acabar — Pedro estava desolado.

— Sim, e só vamos ter o que comemorar — ela acariciava os cabelos dele.

— Vou levar você prà praia, alugar uma casa. Um mês!

— Beber água de coco e comer muito camarão.

— Nadar pelado.

— Transar não dá, entra areia.

— Por quê? Você já experimentou?

— Não começa...

Para Álvaro, largar um emprego promissor e uma carreira para viver na zona rural de Santa Rita parecia a pior das alternativas para a filha, que um dia havia sonhado em estudar no exterior. Dessa vez não poderia apoiá-la. Isabel definitivamente tinha feito besteira. Por mais que ela justificasse, seus argumentos não convenciam.

— Optei por ter uma família. Achei que vir morar com o Pedro seria o melhor pra mim e pra minha filha.

— Espero que você não se arrependa do que fez — o pai deixou a filha sozinha na sala.

No mesmo dia que Isabel saiu, sr. João foi até o sítio procurar por Pedro. Chegou apressado ao cair da tarde e entrou sem bater. Estranhou o fato de não encontrar a neta nem Isabel. Escutou o barulho do chuveiro e se sentou na cozinha para aguardar.

— Oi, pai. O que houve? — Pedro se surpreendeu ao vê-lo.

— Onde estão a moça e a menina?

— Na casa dos pais. Por quê?

João deixou claro que estava lá para falar diretamente com Isabel, uma vez que Pedro não lhe dava ouvidos. Pediria a ela que fosse embora com a criança, porque a presença das duas no lugar não fazia bem a Marquinhos — ela deveria compreender. Os médicos haviam dito que a tristeza influenciava negativamente o tratamento — e, na compreensão do avô, a causa da melancolia do menino era o comportamento do pai dele.

— Eu liguei pra ele. Contei tudo. Ele entendeu e ficou bem.

— Mas agora não está. Eu falei com ele.

Pedro pediu que o pai esperasse e requisitou nova ligação para Nova York, que demorou mais de uma hora para ser concluída. No quarto do hospital, Sônia atendeu o telefonema:

— O médico foi claro: nenhum tratamento é bom quando o paciente não quer viver. O seu filho tá deprimido por sua causa, por causa dessa vagabunda e da filha dela.

— Me deixa falar com ele, Sônia.

— Pra quê? Pra ele chorar?

João percebeu o que estava havendo. Pegou o telefone e disse a Sônia que se acalmasse.

— O Marquinhos não tá no quarto, seu João. Ele tá fazendo exames. Não adianta o Pedro ligar. Ele tem que vir pra cá.

O avô desligou o telefone. Pedro se servia de uma dose de uísque. Abriu a geladeira, pegou o gelo e ofereceu ao pai. João recusou, alegando que "não era hora de beber".

— Você tem que resolver sua vida com a moça e a sua filha antes de viajar. Eu vou comprar as passagens e os dólares. Tchau.

Pedro preparou mais uma dose. Engoliu o uísque puro de uma só vez, sentado na sala. O copo vazio rolou lentamente de sua mão e se partiu em três pedaços. O homem esmigalhou os cacos com o sapato. Retornou à cozinha. Alcançou a garrafa no armário e deu largos goles. Tirou o telefone do gancho e discou o número de Isabel.

— Alô?

Ele queria falar, pedir que ela voltasse para casa. Não podia. Não havia como. Precisava ao menos explicar, dizer que sentia muito, que não tinha perdido a esperança. Mas as coisas tinham piorado muito. Não conseguiu.

Ela desligou depois de vários "alôs" sem respostas. Pedro descarregou toda a raiva no aparelho de telefone e levou a garrafa para o quarto.

Após o almoço, Maria Beatriz e os primos brincavam no tapete. A mãe mal prestava atenção na filha, que a solicitava a todo momento. Da poltrona, Álvaro observava a aflição de Isabel: andava de um lado para o outro da sala. Seu companheiro não dava notícias fazia dias, não tinha telefonado como combinado. Ela, então, discou para o sítio e para a concessionária. Ligou várias vezes, dia e noite.

— São cinco dias sem dar notícias. Tá muito estranho. Eu tô com medo — admitiu ao pai.

No mesmo instante, Álvaro chamou Miro e pediu que levasse Isabel a Santa Rita, que encontrasse Pedro.

Miro dirigiu em silêncio — a cunhada roía as unhas. Foi direto ao sítio. Estacionou o fusca em frente à varanda da casa. O velho Ralf, que estava deitado embaixo da janela do quarto de Pedro, veio festejar Isabel. Miro pediu que ela aguardasse no carro e deu a volta na casa, que aparentava estar toda fechada. Tentou a porta da cozinha: esta se encontrava aberta. Quando notou que o cunhado tinha entrado, Isabel desceu do veículo para espiar. Ouviu vozes no quarto.

— O pai dela me mandou aqui ver o que está acontecendo. O que você tá fazendo, cara?

— Ela é minha mulher. Eu vou casar com ela.

— Que casar? Olha pra você. Tá todo sujo, fedendo. Você tá chapado. Sai dessa, cara.

— Eu vou sair dessa.

Isabel percebeu que Miro retornava e entrou no carro.

— E aí?

— Ele tá muito louco. Drogado. Não dá para você ir lá.

— Eu não posso deixar ele assim, Miro — ela abria a porta do fusca.

— Não, Bel. Ele é que não vai gostar.

De volta a Porto Ferreira, Isabel não mencionou nada ao pai nem a ninguém. Dois dias mais tarde, logo pela manhã, colocou a filha no carro e foi procurar o companheiro. No caminho, planejava: passaria na concessionária primeiro, depois no empório, no bar do clube ou iria direto ao sítio?

Maria Beatriz estava quieta no banco de trás. Ligou o rádio, porém a música incomodou. Atravessou toda Santa Rita e resolveu ir direto ao sítio. Passou pela porteira e avistou o carro de Pedro vindo ao encontro do seu na estradinha estreita. Havia mais alguém dentro do veículo, um homem que Isabel supôs ser João. Pedro parou a alguns metros de distância e desceu.

— O que você veio fazer aqui? — foi à janela do fusca.

— O que eu vim fazer aqui?

— Você não tinha nada que vir aqui. Vai embora.

— Não grita comigo. Olha tudo o que eu joguei fora por sua causa. O que você tá pensando?

— Você tem que ir embora. Agora!

— Não grita comigo. Olha a sua filha.

— Você tem que ir embora — ele repetiu, mais calmo.

— Tudo bem. Não precisa falar mais.

Atônita, sem entender, Isabel fez duas tentativas para virar o carro na estradinha e retornar — até conseguir. Pedro seguiu atrás para levar o pai em casa. João, tendo assistido a toda a situação, nada disse ao filho.

A mãe não sabia que rumo tomar com sua filha. Vagava por Santa Rita. Sua cabeça explodia; as lágrimas escorriam pela face. Na memória, as ríspidas palavras do companheiro — voz e tom que ele nunca havia usado para falar com ela. Subia uma ladeira no centro da cidade... Ele ultrapassou seu carro e deu sinal para que estacionasse.

— Me desculpa — ele se aproximou da janela do fusca.

— Não estou entendendo.

— Vou para Nova York depois de amanhã. Assim que voltar, explico tudo.

— Você nem ia falar comigo?

— Explico tudo mais pra frente. Agora você tem que ir embora.

— Mas por que eu tenho que ir embora?

— Você não pode vir aqui.

— Quando você volta?

— Daqui a um mês.

Pedro olhou para Maria Beatriz, assustada no banco de trás. Esticou a mão para fazer um carinho nela, virou as costas e foi embora sem nem olhar para Isabel. Esta permaneceu por um bom tempo no mesmo lugar, a esperar que suas pernas parassem de tremer. Enxugou as lágrimas na barra da blusa, ligou o carro e voltou para Porto Ferreira.

No dia seguinte, Magda flagrou a filha de pijama, assistindo ao programa infantil com as crianças — uma xícara de café frio e um pratinho de pão com manteiga ao lado, que não tinha tocado. A matriarca quis saber o que se passava.

— O Pedro me disse que vai pra Nova York amanhã, mas eu continuo sem saber o que tá acontecendo.

— Você não sabe o que está acontecendo, Bel? — Miro, que escutava a conversa, se intrometeu. — Santa Rita inteira tá falando que o menino piorou porque o pai levou uma vagabunda pra morar com ele e esqueceu do filho doente — o cunhado mal disfarçou o prazer que lhe trazia a fofoca.

— Bem que eu te avisei, Isabel! — lembrou Magda, feliz em ter razão.

Antes de regressar à fazenda, Álvaro aconselhou a filha a retornar para São Paulo e tentar recuperar o emprego. Ela respondeu que não deixaria Porto Ferreira, que não poderia voltar para São Paulo para começar tudo do zero de novo, nem deixar Bia. O patriarca partiu, prometendo enviar dinheiro até que Isabel se ajeitasse.

CAPÍTULO 13

Um amigo que morava havia alguns anos em Nova York ajudou Pedro, que de inglês sabia apenas o que tinha aprendido no ginásio. Alugou para ele um quarto e sala barulhento perto do Medical Center, em um prédio feio e antigo — que ao menos contava com elevador e um preço razoável.

Com a chegada do pai, Marquinhos se animou. Após algumas semanas, ganhava cor e finalmente aparentava melhora. Embora o tratamento fosse diário, os médicos não mais viam a necessidade de o menino permanecer no hospital em tempo integral. Assim, ele foi liberado para ir para casa com os pais.

No pequeno apartamento, instalaram uma cama especial para a criança, que dividiu o quarto com a mãe. Pedro se ajeitou na sala, apesar de passar mesmo muitas das noites ao lado do filho — que custava a dormir devido a dores, enjoos e incômodos.

— Papai, sonhei que tava num lugar estranho. Acho que era um parque. Eu tava sozinho, não conseguia andar. As pessoas não olhavam pra mim. Tava com frio e sozinho.

— Filho, isso foi só um pesadelo. Você não tá sozinho.

— Eu tô com medo.

— Tá tudo bem agora, Marquinhos. Você já tá bem melhor.

— Papai, você promete que sempre vai cuidar de mim, da mamãe e da minha irmã?

— Prometo, filho.

Passado o primeiro mês, Pedro cogitou retornar ao Brasil. Entretanto, ao tocar no assunto, o menino se entristeceu, chorou e afirmou que ficaria com medo. O pai desistiu. Por algum tempo, pensou em telefonar para Isabel, saber como estava. Os dias se sucederam e ele nem sequer mandou um cartão — era melhor deixar tudo como estava.

Pouco tempo depois, novos exames detectaram um novo e pequeno tumor. Marquinhos voltou a ter dores no ombro e ao respirar.

Isabel, por fim, começou a trabalhar n'*o ferreirense*. Pleiteava a vaga fazia meses. O salário não era grande coisa — de toda forma, calava a boca de Magda e pagava a escola de Maria Beatriz.

No início de outubro, Clara e Miro — que tinham ido com Álvaro para a fazenda — retornaram. Na primeira oportunidade de ir para Santa Rita, Miro trouxe notícias de Marquinhos.

— Ele tá muito mal, Bel. Falei com várias pessoas lá e o que tá correndo é que tão fazendo de tudo, mas os médicos não deram esperanças.

O sino da igreja repicava em louvor à padroeira — hora de louvar Maria, avisava. Por toda a praça, a vários quarteirões de distância, a campa se fazia ouvir.

Era hora do almoço e Isabel precisava saber da mãe se poderia servir a refeição. O pai e os outros aguardavam na sala. Encontrou Magda no quintal da casa. Perguntou — a mãe não respondeu. Perguntou novamente — parecia que não escutava. Tentou pela terceira vez:

— Posso servir o almoço, mãe?

Com o terço na mão, Magda andava de um lado para o outro. Rezava ao badalar do sino, clamava a Nossa Senhora. Ao ver a filha, havia apertado o passo. De lá para cá, continuava a rezar.

Por alguns minutos, Isabel procurou chamar a atenção da mãe, que parecia em transe. Então, calou-se e simplesmente esperou. Magda abandonou o terço, se dirigiu a ela e gritou, ainda mais alto que o badalar insistente:

— Reza, Isabel, reza! Você tem que rezar! Você tem que pedir para aquele menino não morrer. Porque, se ele morrer, você está perdida.

— Para com isso, mãe.

— Reza, sua desgraçada! Hoje é dia de Nossa Senhora. Peça perdão — retomou o andar.

— Eu sei que fui egoísta, que só pensei em mim. Mas não tenho culpa por ele estar doente.

— Você tem culpa, sim. Você é uma vagabunda, uma sem-vergonha.

— Você tá louca. Não vou ficar aqui escutando essas coisas.

— Desgraçada, prostituta desgraçada — Magda partiu para cima de Isabel antes que ela saísse, e agarrou-lhe os cabelos com as duas mãos. Conforme puxava, chacoalhava a cabeça da filha e rugia: — Prostituta desgraçada!

Quando o sino silenciou, Magda soltou Isabel. Em suas mãos ficaram dois tufos de cabelo dela.

O tradutor precisou repetir para Pedro o que os médicos do Medical Center tentavam, com toda delicadeza e profissionalismo, explicar: aquilo que ele se negava a entender, aquilo que ele já havia compreendido no primeiro "*I'm sorry*".

Marquinhos estava cada vez mais pálido. As doses de morfina eram cada vez maiores. Deitado na cama do hospital, tinha tubos ligados aos braços e à boca e dormia a maior parte do tempo. Os médicos sugeriram o conforto dos cuidados paliativos do *hospice clinical service*. Foi transferido no mesmo dia: acabaram-se os exames dolorosos, as transfusões, as biópsias.

— Aqui é mais bonito, papai. Posso descansar, agora, posso?

— Pode tudo, filho. Tudo.

— Papai, eu quero dirigir — sua voz era fraca.

— Não sei se os médicos vão deixar você sair daqui agora.

— Pede para eles.

Com os olhos pesados, Marquinhos adormeceu.

— O que você acha, Sônia?

— Leva ele pra dirigir. Tudo o que você podia fazer de mal, já fez quando abandonou a gente aqui por causa da vagabunda e da filha dela.

Pedro conseguiu a autorização dos médicos para saírem. Uma enfermeira os acompanharia. Teriam três horas para o passeio.

De carro alugado e um mapa previamente estudado, o pai os conduziu de Manhattan em direção ao condado de Nassau. Entre a mãe e a enfermeira no banco de trás, Marquinhos admirava a paisagem de início de outono. Reparava nos modelos dos carros na pista — para tudo tinha um comentário a fazer.

Em uma hora e pouco, chegaram a Hempstead, lugar de ruas largas e espaços floridos. Pedro procurou uma rua tranquila, ao lado de um parque. Estacionou junto ao meio-fio, desceu e pegou o filho. Sentiu seus ossos, o calor de sua face. O abraçou, disfarçando a emoção.

— Papai, é agora que eu vou dirigir? — Marquinhos colocou as mãos no volante.

— É. O papai vai acelerar e você vai segurar bem firme na direção. Primeiro de tudo, tem que ligar o carro.

Segurou a mãozinha ossuda do filho, que deu partida. Depois, o menino aprendeu a mudar a marcha. A cada conquista, um grito de alegria:

— Olha, mamãe. Agora o carro vai andar.

No colo do pai, girava o volante. Mudou a marcha para a segunda e seguiu para a terceira.

— Isso, Marquinhos. Agora, reduz para primeira.

— Fiz certo, pai?

— Certinho.

Em pouco tempo, reclamou com a voz bastante fraca:

— Papai, tô cansado.

A enfermeira pôs o garoto no oxigênio e voltaram imediatamente para Nova York.

Cada vez mais cansado, o menino dormia muito. Nos raros momentos acordado, expressava saudades de casa, do avô, da irmã. Certa manhã de domingo, ao acordar ao lado de Pedro no quarto, a criança quis contar o sonho que tivera.

— Papai, eu tava dirigindo por uma estrada em Santa Rita. Eu tinha as minhas duas pernas e acelerava feito você. O carro corria bastante até na curva, quase voava.

— Que sonho bom, filhão — abaixou-se para lhe beijar a testa.

— Quando eu tiver melhor, me leva de novo pra dirigir?

— Levo, filho.

— Promete?

— Prometo.

Fechou os olhos e dormiu novamente.

Numa tarde chuvosa de outono, a máquina deu o sinal. Marquinhos se foi sem aviso, sem suspiro, sem o mais leve mexer de mão. O apito prolongado despertou Pedro, que, com a cabeça entre os braços, cochilava ao lado da cama dele. Tocou insistentemente a campainha, chamando a enfermeira, e saiu ao corredor:

— Help! Help!

Viu desligarem o oxigênio e puxarem o esparadrapo, a retirar a agulha do soro. Viraram seu filho para um lado e para o outro, ajeitaram seu pijama, cobriram-no e saíram do quarto.

Ficaram sozinhos por um tempo — o pai sentado ao lado da cama, segurando a mão ainda quente do menino; Sônia, do outro lado. Não se falaram, nem sequer se olharam. Após alguns minutos, os voluntários de um grupo de apoio à família entraram no quarto e o corpo de Marquinhos foi retirado.

Por telefone, Sônia contou a João sobre aquele momento: tinha sentido um leve sopro do lado esquerdo, apesar das janelas fechadas. Pedro disse que não sentiu nada.

Ela retornou ao Brasil em dois dias. Ele ficaria o tempo necessário para desembaraçar o translado do corpo do filho. Na cidade estranha, mal arranhando o inglês, continuou a recorrer ao auxílio do amigo brasileiro para resolver o processo burocrático. Passaram horas sentados em repartições, a assinar papéis.

Ao se ver sozinho no apartamento, na primeira noite depois de tantas passadas ao lado de Marquinhos, Pedro não soube o que fazer. Não tinha sono e não queria pensar. Ligou a TV; não entendeu nada, desceu para a rua; andou sem rumo. Pessoas atravessaram seu caminho a conversar — não havia palavras que entendesse, nem rostos conhecidos de amigos ou de cachorro que reconhecesse. Tudo era somente barulho.

Puxou o capuz do casaco e cruzou os braços sobre o peito. Chutou o lixo das calçadas e acendeu um cigarro. Um grupo de homens mal-encarados o parou; ele ofereceu cigarros e os caras foram embora. Perambulou mais. Um letreiro em neon lhe chamou a atenção: Brazilians' Bar.

— A Sônia é uma vaca, mas tá certa. A culpa foi minha. Minha e daquela outra vaca — repetia ele ao companheiro de bebedeira, um taxista brasileiro que encontrou naquela mesma noite, no balcão do bar.

Na manhã seguinte, nem se lembrava de como tinha chegado ao quarto e sala alugado. Olhou o relógio e percebeu que estava atrasado para assinar alguns papéis no consulado.

Cinco dias após a morte do filho, Pedro embarcou para o Brasil trazendo o corpo.

O médico lhe havia prescrito comprimidos para relaxar. Tomou três de uma vez. Pediu bebida para a aeromoça — talvez não levasse, pois tomara uma dose assim que embarcou. Suas pernas não cabiam na merda do espaço entre as poltronas. Foi obrigado a esticar para o corredor. A senhora ao lado puxava assunto:

— Aceita um biscoitinho? De onde você é?

O corpo do filho estava em algum lugar no porão do avião, dentro de um caixão — sozinho, gelado.

Quiçá fosse Pedro o culpado por sua morte, afinal. "Que merda. Fiz tudo errado". Não conseguiu dormir em quase dez horas do voo sem escalas. A dor de cabeça não deixava. Não importava que a doença do menino houvesse evoluído pela inexistência de um tratamento eficaz, de remédios capazes de curá-lo. Era necessário apontar um responsável por aquela morte.

A dor de perder o filho piorou o ódio e o despeito de Sônia. Em Santa Rita, chorosa, repetia:

— A tristeza acabou com meu filho. Ele foi piorando, piorando. Quando o Pedro Ernesto foi pra Nova York, ele até que deu uma melhorada. Já era tarde. Aquela doença tinha se alastrado. O médico me falou que o Marquinhos precisava se sentir seguro e amado.

Pedro desembarcou em São Paulo no sábado, às seis da manhã — o carro funerário de Santa Rita aguardava para o transporte. Às onze, chegou na cidade. O sino da Matriz badalou nove vezes.

No programa de rádio *O Emissário da Luz*, o locutor declamou o poema "Pequenino Morto" — ao fundo, o som da Ave Maria. A pedidos, declamou mais duas vezes:

Tange o sino, tange, numa voz de choro
Numa voz de choro... Tão desconsolado...
No caixão dourado, como em berço de ouro,
Pequenino, levam-te dormindo... Acorda!
Olha que te levam para o mesmo lado
De onde o sino tange numa voz de choro...
Pequenino, acorda!

Marinalva, que tinha ficado em casa com a pequena Mariana, dava-lhe de comer a ouvir pelo rádio o poema.

— Marinalva, desliga isso — sr. João entrou na cozinha.

— Ai, eu não aguento de tanto chorar. Vou fazer uma sopa pro senhor.

— Faz e guarda pro Pedro Ernesto. Ele vai precisar. Coitado do meu filho. Não está certo o que tão fazendo.

Formaram um círculo em volta do pequeno caixão do menino, pálido e coberto de flores brancas. Algumas mulheres, com lenços nas mãos, nem disfarçavam os soluços.

— Que tristeza. Pobre mãe.

— E o pai, você viu?

— Será que tem remorso? Duvido.

No final da tarde, ao término de uma longa missa, o cortejo rumou da igreja para o cemitério. O pai e três amigos carregaram o caixão, seguidos por rezadeiras e crianças que levavam velas.

Isabel recebeu as notícias por Miro, que não poupou nenhum detalhe.

No dia seguinte ao enterro, ela se encontrava na sala de casa logo depois do jantar. O pai assistia ao jornal pela televisão; as crianças brincavam no tapete. Escutou um carro que transitava em frente à residência, um grito e o barulho de pedra se chocando com o calçamento da entrada. Os cachorros latiram.

— Gritaram alguma coisa, pai. Você ouviu?

— Parece que jogaram pedra.

Álvaro abaixou o som da TV e se ouviram novamente os sons do carro, dos gritos e das pedras.

— Joga pedra na Geni! Joga pedra na Geni! — gritavam da rua.

— Pai, eles estão gritando o trecho daquela música — correu em direção à porta da frente.

— O que é isso, filha? — segurou Isabel antes que saísse.

— É pra mim. Essa pedra é pra mim.

— E você vai lá levar pedrada? Fica aqui e se acalma. Você vai ter que esquecer tudo isso. Vai ter que seguir em frente e tocar sua vida sozinha.

— Não. Eu não posso acreditar nisso — chorou no ombro de Álvaro.

— Acabou pra vocês, minha filha. Acabou.

Vigiava a brincadeira da filha, dava-lhe comida e banho e a colocava para dormir — apenas para retornar para o sofá. Abandonou o trabalho na redação do jornal — justificou alegando uma doença. Não tirava o pijama, mal penteava os cabelos, mal comia, mal dormia. Continuava naquele estado dia após dia, semana após semana. Magda tentava resolver no grito, dava uns beliscões — nada adiantava.

Certa tarde, discutiu mais uma vez com a mãe e resolveu telefonar:

— Pedro, é você?

— Nunca mais liga pra cá, desgraçada. Vai pra...

Ela não quis esperar para escutar o resto. Colocou o aparelho no gancho, descrente.

No mesmo instante, trocou o pijama por shorts e blusa, e juntou tudo o que possuía de Pedro Ernesto: uma foto antiga de seu sorriso, outra em que ele segurava a filha no colo, a caixa de bombons vazia e uma polo vermelha — que guardara sem lavar. Picou a camisa com tesoura, rasgou as fotos e a caixa. Colocou tudo na cesta da bicicleta e pedalou o mais rápido que pôde à ponte do rio. Desceu com a cesta na mão e, uma a uma, atirou suas lembranças na água: a felicidade, o cheiro, o doce, a família — tudo voava com o vento e caía lentamente. Então, a correnteza arrastou e desapareceu com os registros para sempre.

Decidiu cortar o cabelo. Passou na casa da Malu, que serviu uma mesa com café, pão, manteiga, bolo de cenoura, bolachinha de nata e biscoito de polvilho. Enquanto comiam, Isabel contou o que o ex-companheiro disse — ainda que ela não quisesse ouvir.

— Aquelas palavras acabaram comigo. Nada que eu fiz até hoje valeu a pena.

— Bel, você tem que dar um tempo pra ele. Pensa bem, depois de tudo que aconteceu com o menino. Será que ele não tá se sentindo culpado também?

— Eu queria que Santa Rita inteira pegasse fogo. Gente fofoqueira.

— Pegar fogo, não. Mas eu tive uma ideia.

Pedro estava na cozinha sentado, a encarar o prato de comida sem vontade de comer, quando o telefone tocou. Pensou que fosse o pai novamente, para saber de seu estado.

Ao escutar a voz de Isabel, sentiu uma raiva imensa. Uma vez que ela desligou sem dar continuidade ao telefonema, arrependeu-se por ter xingado: o ódio que nutria não fazia sentido. Agora, tudo que ele mais queria era que a mulher estivesse ali. Era tarde.

Pegou a estrada e, em quinze minutos, estava em Porto Ferreira. Passou em frente à casa dela uma, duas, três vezes. Acabou por parar em um bar para comprar cigarros e tomar refrigerante. Ia embora; resolveu dar uma última passada. A viu, virando a esquina de bicicleta.

Ela subiu a rua e ele subiu atrás. Ela virou na contramão e ele virou na rua seguinte.

Finalmente a alcançou e continuou na cola. Viu-a parar na ponte e começar a jogar as coisas. Não desceu do carro, não falou com ela. Era melhor esquecer.

O plano de Malu e Isabel era chegar em Santa Rita à meia-noite. Para ajudar, convocaram duas amigas. Era preciso "disfarçar" a numeração da chapa do fusca. Com uma fita isolante, transformaram o 9 em 8 e o 1 em 7. O resultado não ficou perfeito. À noite, poderia enganar.

Compraram várias latas de spray preto com antecedência. O serviço todo não deveria demorar mais que uma hora. Acenderam um baseado e no toca-fitas do carro colocaram o tema inspirador:

De tudo que é nego torto
Do mangue, do cais do porto
Ela já foi namorada
O seu corpo é dos errantes
Dos cegos, dos retirantes
É de quem não tem mais nada
Dá-se assim desde menina,
Na garagem, na cantina...

— Cambada de reacionários! Vão ver só!

No dia seguinte, bem cedo, logo às seis da manhã, quando a senhora do sobrado abriu a janela e olhou para a parede amarela da igreja, notou que alguém havia escrito em letra de forma, em tinta preta:

"Vai arder no inferno! Velha fofoqueira!
Geni"

— O significa isso? Quem será essa Geni? — gritou para a empregada doméstica, que correu para ver.

Na padaria, o único assunto era esse: Geni e os muros pichados. No muro da escola, "Escola de otários, Geni"; em frente ao clube, "Covil de fofoqueiros, Geni"; no muro ao lado do Empório Flor do Cerrado, "Covarde! Covarde! Covarde! Geni". E por outros muros, "Aqui mora uma fofoqueira, Geni"; "Vão se foder! Geni".

Em poucos dias, os muros e a parede da igreja haviam sido repintados e os moradores tinham outro assunto para comentar. Somente o muro velho ao lado do empório continuava pichado. Ao se deparar com aquilo, Pedro se lembrou dos comentários. Ao ler a palavra "covarde", em letras grandes, três vezes repetida:

— Geni? Ah, eu não acredito que ela fez isso.

Malu tinha sido chamada para trabalhar em um banco da cidade próxima. Antes de ir, insistiu para que Isabel voltasse a trabalhar no jornal.

— Malu, eu sei que tenho que trabalhar. Mas não consigo fazer nada.

Sem a amiga por perto, Isabel se ocupava da filha. No mais, era da cama para o sofá, do sofá para a cama. Na cabeça, um turbilhão. O telefonema em que Pedro a havia chamado de desgraçada e dito outras coisas que não quis ouvir. Culpa por não ter respeitado a dor dele e por ter pichado a cidade. Promessas que tinham feito um ao outro: os planos de vida em comum, de constituir família. Então, sentia-se traída, abandonada, esquecida. "Covarde."

Meses mais tarde, em uma manhã, Isabel brincava com a filha no jardim da frente da casa. Viu Pedro passar devagar. Ele a encarou, admirou Maria Beatriz e seguiu em frente. Não dirigia mais o carro velho: possuía um opala. Nela se acendeu uma esperança: depois desse dia, criou o hábito de gastar as manhãs com a filha naquele jardim.

Cansada das cobranças da mãe, sem dinheiro nem para um cigarro, regressou para o mesmo emprego no jornal — a vaga ainda não tinha sido preenchida.

Sem demora, outra oportunidade de trabalho surgiu em uma grande empresa na área de marketing. A situação financeira melhorou e ela cogitou alugar uma pequena casa para morar só com a pequena

Bia. Porém, as constantes viagens por conta do trabalho a impossibilitavam de sair da casa da mãe.

Dois anos haviam se passado desde a morte de Marquinhos.

Clara e Miro tinham se mudado permanentemente para a fazenda. Álvaro ia cada vez menos para Porto Ferreira. Malu continuava no banco, todavia resolveu estudar direito: um dia, largaria aquele trabalho maçante.

Amigas de Isabel telefonavam para avisar que Pedro havia sido avistado em Porto Ferreira — no bar, no banco, no restaurante. Ela saía correndo para tentar encontrá-lo. Nunca o alcançava. Culpava Deus, o destino; não desistia. Tampouco buscava ativamente por ele.

Magda não suportava mais a apatia da filha — de casa para o trabalho, do trabalho para casa; Maria Beatriz ocupava o restante de seu tempo. Sua solução para a situação seria um casamento para Isabel, o que se tornou uma questão de honra para ela: "Onde já se viu, ter uma filha mãe solteira?"

Isabel retrucava que a filha tinha pai — não precisava de outro —, que casamento não estava em seus planos. Magda insistia, lembrava que Pedro não havia cumprido sua promessa de registrar a criança — isso, sim, era uma questão de honra para Isabel.

De toda maneira ela ainda esperava, esperava...

O que Magda jamais contou foi que certo dia, cerca de um ano após o falecimento de Marquinhos, havia atendido um telefonema para Isabel a intuir que fosse Pedro. Sem pensar duas vezes, foi logo dizendo que somente voltasse a procurar pela filha e pela neta quando fosse homem para sustentar uma família. Disse isso e desligou.

Pedro não aceitou aquelas palavras da bruxa como verdadeiras nem que fossem de *sua Bela*, ou talvez fossem... Para quem já estava na boca do ralo, bastava pisar para afundar.

— Você é jovem e bonita. Aproveita enquanto é tempo. Pensa na sua filha: ela precisa de um pai — aquilo virara um mantra na boca de Magda.

Pedro persistia. Passava pela casa de Isabel, rondava. Quem sabe criaria coragem... Em duas outras ocasiões a avistou com a filha, de longe, no jardim. Continuou com as visitas secretas mesmo ao saber por Miro, muito mais tarde, que a *ex* estava namorando. Ela provavelmente havia desistido dele — o amigo semeou a ideia.

Malu saía da casa de Isabel depois de ter acompanhado a prova do vestido da noiva. Presenciou Pedro Ernesto percorrer o caminho de carro, bem devagar. Ele a cumprimentou e seguiu em frente.

Pouco antes, a amiga tinha lhe confessado que não se esquecera de Pedro e que jamais se esqueceria, que sentia um aperto no peito — uma angústia — que não sabia explicar.

Não porque achasse que não fazia a coisa certa. Fazia: amava Samuel — de um jeito diferente, mas amava. Havia cansado de sofrer, de esperar por Pedro, de ser rejeitada. Sentia-se exaurida por ter de empunhar a bandeira da mulher dona do próprio nariz, por ter de provar constantemente para o mundo que poderia trabalhar e sustentar a própria filha com dignidade. Havia se fartado de tolerar preconceitos por ser uma mulher, solteira e mãe. Não, não seria livre se fosse obrigada engolir um sapo por dia no trabalho, na rua, em todo lugar. Fingia não perceber os assédios — fato era que não conseguia mais ter que provar competência sem nunca ser promovida, não aguentava mais as fofocas que corriam à boca miúda de que era amante desse e daquele. Havia sido julgada e condenada por um bando de hipócritas que ditavam regras. Tinha se exaurido, simplesmente se exaurido. Decidiu que tentaria ser feliz.

No dia seguinte, sem que Isabel soubesse, Malu foi a Santa Rita. Procurou por Pedro na concessionária, que estava praticamente vazia. Um rapaz indicou o bar da frente. Lá estava ele na companhia de uma garotinha, sentado ao balcão. De costas, não percebeu quando ela entrou.

— Que gracinha de menina, Pedro Ernesto. É sua filha?

— É, sim. Pena que me falte uma.

— A Isabel vai casar no sábado.

— Eu tô sabendo.

— E aí?

— Só consegui fazer mal pra ela. Eu quero que ela seja feliz.

— É, espero que ela consiga.

Aquele não parecia o mesmo Pedro que Malu conhecera. Encontrou um homem triste e envelhecido antes do tempo, abatido e derrotado. Notou que lhe faltava um molar. Um dia contaria à amiga o que havia feito.

Isabel entrou na igreja de vestido branco num final de tarde. Samuel, elegante e emocionado, a esperava no altar. Ela lentamente caminhou pela nave de mãos dadas com a pequena Bia, ao som de *"Over the Rainbow"*. O pai, Álvaro, não veio da fazenda para o casamento — nem sequer deu explicações. Assim, dispensou flores, velas e tapete vermelho para enfeitar a já bonita Matriz de Porto Ferreira.

Os convidados não repararam — antes de dizer o derradeiro sim, Isabel se voltou para a grande porta da igreja. Perdeu as esperanças por fim.

EPÍLOGO

Um novo dia nascia em Lisboa. Convidei Isabel para um café na padaria. Caminhávamos pelas ruas ainda desertas e quase escuras. Ela então falava sobre Malu, a amiga inseparável que tinha se tornado uma respeitada advogada, "defensora das causas dos fracos e oprimidos" — como costumávamos brincar. A melancolia tomou conta de nós: não éramos mais aqueles jovens cheios de alegria e sonhos, "todos os sonhos do mundo".

Fazia frio. Apressamos o passo e entramos na primeira padaria aberta que encontramos. Pedimos café, leite e pastel de nata para Isabel. Para mim, pão e café. O calor do lugar estava agradável. Pedimos mais café e Isabel, mais um pastel. Na sequência, quis saber sobre Pedro Ernesto.

Fazia mais de um ano que tinha visto ele pela última vez. Eu tava caminhando com minha filha e o Samuel em frente à casa da minha mãe... O Pedro passou de carro. Fiquei para trás e olhei para ele. Senti uma tristeza imensa por não poder falar com ele, e ao mesmo tempo felicidade porque tive a certeza de que o Pedro Ernesto não tinha esquecido de nós. Depois, as notícias sobre ele chegaram aos poucos. Nunca eram boas. Ouvi que tinha perdido tudo no jogo, que estava cheirando todas, que tinha sumido. A pior das notícias, na verdade a que eu sempre esperei, chegou dois anos mais tarde.

Me contou que Pedro se encontrava na sacada de um pequeno apartamento, no décimo andar de um edifício em Goiânia. Olhava para o horizonte de luzes e prédios. Fazia muito calor. Abaixo, os carros e pessoas que passavam pelas calçadas e avenida pareciam pequenos pontos dançantes. Deu alguns passos até a pequena mesa de jantar. Afastou com o braço um prato sujo de comida, copos e latas de cerveja vazias. Tirou do bolso um tubete de pó e fez uma carreira. Sentou-se no sofá com uma garrafa de old eight pela metade. Tomou alguns goles. Preparou mais uma carreira na mesinha de centro.

— Ô cara, você já tá muito louco. Vai com calma — o colega com quem dividia o apartamento, que via TV ao lado no sofá, protestou.

Aspirou de uma só vez e se dirigiu à sacada, com a garrafa na mão. Debruçou-se na grade de proteção para olhar os carros.

— Sai daí, cara.

— Tá seguro, ó — balançou a grade para provar. — Não quero morrer, não. Mas, se morrer, não vou fazer falta.

Puxou a cadeira para o canto da sacada estreita e tomou mais alguns goles, do gargalo. Permaneceu prostrado por alguns minutos, com as pernas esticadas e a garrafa na mão. Estava magro. Já se viam vários fios de cabelo branco — ele tinha apenas 37 anos. Não fazia a barba havia dias e seus dentes estavam escurecidos.

Bebeu a última gota de uísque e, ao se levantar para buscar outro, cambaleou e se apoiou na grade. O amigo viu e chamou por ele.

— Tem nada, não. Tá tudo bem — desequilibrou-se mais uma vez e se apoiou na grade baixa. — Você nem me conhece, né? Nem sabe quem eu sou. Já fiz muita coisa nesta vida. Perdi um filho... Você sabe o que é isso? Tive uma mulher que me amava, uma filha. Perdi as duas... "*Covarde! Covarde! Covarde!*". Levei muito tombo. Tentei levantar. E agora tô de pé, não tô?

Nesse momento, Pedro abriu os braços diante da grade baixa. A cabeça e o tronco penderam para frente e ele se deixou mergulhar no asfalto.

Os olhos de Isabel estavam cheios de lágrimas e se perderam.

— Só de lembrar que ele não existe mais neste mundo, que não tá ao alcance do toque do telefone, mesmo que eu não ligue, que não tá logo ali em Santa Rita, mesmo que eu não veja, que nunca mais vai estar em lugar nenhum... — ela respirou fundo. — Faz uma espécie de choque percorrer meu corpo, embotar meus sentidos. Sinto minhas mãos e meus pés formigarem, todo meu corpo esfriar. O resto é nada.

Ficou longos minutos em silêncio, os olhos perdidos na xícara de café. Bebeu um gole e passou a falar do quanto gostava de Lisboa, das pessoas e dos doces portugueses. Conversava comigo, porém o olhar continuava perdido na decoração de azulejos azuis da parede. Por fim, perguntei o que fazia na cidade. Seu sorriso se iluminou:

— Querido, daqui a pouco abre a galeria e eu vou mostrar o que tô fazendo. Além, é claro, do mais importante: eu te devia uma explicação desde 1981.

Rapidamente mudou de assunto, sem me dar tempo para questionar. Terminamos nosso café, animados. Contei a ela que eu e Robert, meu companheiro, adotamos um casal de irmãos: o menino se chama Fernando e a menina, Isabel.

Andamos mais algumas quadras em direção à galeria de arte. Quando viramos a esquina, pendurado na fachada de um sobrado antigo, encravado em meio a outros tantos — típicos da cidade —, um painel colorido anunciava: "Múltiplos — História de Nós Dois".

Enormes fotografias — a maioria em preto e branco, de vários artistas — retratavam poeticamente casais de todas as idades, estilos e etnias. Cobriam de alto a baixo as paredes do lugar. Sob cada foto, um texto sobre os sonhos de cada par.

Isabel fazia parte do grupo de artistas e essa era a primeira exposição que realizavam na Europa. Fez questão que eu escolhesse uma obra sua e me presenteou. Disse que continuaria em Lisboa por mais algumas semanas.

Embarquei para o Brasil no dia seguinte, com a promessa de que não perderíamos mais o contato.

Fui visitá-la em São Paulo um ano depois e conheci o simpático Samuel. Também fui encontrá-la em Madri em outra exposição de seu grupo e levei Robert para conhecê-la.

Durante três anos nos correspondemos. Comentava alguma reportagem minha, pedia minha opinião sobre as mais variadas coisas ou escrevia sobre sua vida: como quando, logo após Madri, havia parado com as exposições. Ainda assim, não compreendi o porquê daquela decisão — tudo parecia ir tão bem. Não raro, trocávamos longas cartas pelos correios — à moda antiga. Eram aguardadas com mais ansiedade do que os e-mails, confesso. Dentro dos envelopes, minha amiga acrescentava velhas fotografias (sempre com a data no verso), recortes de jornais da época da faculdade, artigos manuscritos sobre algum acontecimento — em papel bastante amarelado pelo tempo —, ou mesmo trechos de correspondências suas com Malu — também de décadas passadas. Pouco depois da decisão de abandonar as exposições, a caligrafia de suas cartas mudou.

Sem nenhum aviso, Isabel parou de escrever. Não enviou resposta a minha última correspondência, nem a dois e-mails. Telefonei para São Paulo — ninguém atendeu. Achava aquilo muito estranho.

Então, recebi uma carta da Maria Beatriz. Ela explicava que, fazia anos, sua mãe sofria de uma doença degenerativa que comprometeu seus movimentos e minou suas forças. Isabel tinha precisado ser hospitalizada. Falecera em dez dias. Reconheci naquela correspondência a caligrafia das cartas do período posterior a Madri: por pelo menos dois anos, a filha vinha escrevendo o que lhe ditava a mãe.

Concluí que minha amiga estava doente quando me procurou em Lisboa — nada havia mencionado. Mesmo assim, tinha titubeado por alguns dias quanto a como me abordar. Porque nosso encontro, naquela manhã, foi em si seu pedido para que eu contasse esta história.

Eternamente Wagner Antônio, assumi o compromisso. Assim era Isabel.

Este livro é composto na fonte Minion Pro,
foi impresso em pólen Natural 80g em Gráfica Viena,
São Paulo, Brasil em maio de 2025.